無私の精神の系譜

志に生きた高鍋人

和田雅実 著

鉱脈文庫
ふみくら
26

『志は高く』の復刊を喜ぶ

高鍋町長　黒木　敏之

『志は高く』が復刊される。時を得て、意義深く、喜びに堪えない。

高鍋町は「歴史と文教の町」と言われて久しい。確かに、町の歴史は古く、周辺の山や丘陵地帯には古墳群が現存し、町中の一部には、秋月氏高鍋藩の城跡や武家屋敷の家並みが残り、藩校明倫堂を創設した七代藩主・秋月種茂公、その弟で米沢藩（現山形県）の名君・上杉鷹山《ようざん》公、社会福祉の先駆者・石井十次先生等々、歴史を刻んだ先人の像や石碑も建立され、この小さな町を細かく巡り探訪してみれば、処々に歴史の町の名残と風情に出会うことができる。

残された歴史的な景観は、環境としてその土地独自の伝統文化や風土を醸し、その地の人々の気風をも育み続ける力を持つものである。高鍋町を「歴史と文教の町」と言わしめた所以《ゆえん》のひとつは、間違いなく、その城下町に残された景観や歴史風土にあった。

しかし、時代の変化の中で、まちづくりも変化し、いつしか、「歴史と文教」の意義さえ見失われ、その言葉も曖昧になってしまった。

本来、高鍋町に「歴史と文教の町」という冠を付けた意味は、景観や歴史風土のことではなく、未来永劫《えいごう》、誇り高い町であり続けてほしいと願った、多くの先達の遺訓であったと思えてならない。郷土史家・石川正雄先生が中心となって七年の歳月を費やし編さんした労作『高鍋町史』は高鍋町の歴史をひも解く聖書であり、郷土史家・安田尚義先生の名著『高鍋藩史話』は、郷土愛に満ちた故郷へのオマージュであり、次世代へ想いを託した物語であり、未来への伝言でもあった。

「歴史は現在と過去との対話であり、未来への道標である」

今を生きる私たちは、先人の遺訓を受け、高鍋町の「歴史と文教」の意味を問い、今の視点で、今なすべきことを、先人の求めた理想を、学び探し続けなければならない。そして、私たちの次の世代へもまた同じように語り伝えていかねばならない責務がある。

秋月氏が、この地に移封されて以降、この地の近代史は、高鍋藩の歴史そのものであり、その歴史の大きな流れは、荒れ地を実り豊かな土地へと変えていった改革の歴史である。その改革の歴史の中で多くの人材が生まれ育まれた。特に、幕末から明治期の藩校明倫堂に学んだ高鍋藩士の群像は、国の内外に飛び出し、様々な分野で日本の発展に寄与した。その活躍は眩《まばゆ》いばかりである。

改めて、高鍋町が城下町であり、その改革の歴史の中で、藩校明倫堂が多くの人材を輩出したことを考えれば、高鍋町に冠された「歴史と文教」という言葉の意味は、「改革の歴史を刻み続け、人を育てるべし」という先人から託された使命のことであると解釈しなくてはならない。

奇しくも、高鍋町が、「豊かで美しい歴史と文教の城下町」の再生に取り組み始めたこの時に、時を同じくして『志は高く』が復刊される。この「志の書」は、必ずやまちづくりの羅針盤となり、先人たちが求めた理想へと私たちを導くことになると信じる。この書を読んだ多くの人たちが、座右の書とし、奮い立ち、勇気をもって高鍋町のまちづくりに邁進《まいしん》されんことを願わずにいられない。

熱き志のメッセージを発信し続ける著者・和田雅実氏に衷心より敬意と感謝を表したい。

まえがき〔初版〕

　二つの旅がある。空間を移動する旅と、時間を移動する旅だ。高鍋町は宮崎県内四十四市町村のなかで最も狭い面積の町である。中心部は自転車で行動するのがちょうど良いというほどの広さだ。

　その高鍋町の懐のなかに入ったのは、実は時間の旅の途中だった。「国際家族年」だった一九九四年（平成6）、私は宮崎日日新聞報道部の連載「愛の心を今に――生き続ける石井十次遺訓」の取材班の一人として、高鍋の家老屋敷跡やお堀の周り、舞鶴城跡を歩いた。石井十次は、「福祉」という言葉さえない明治期に、一時期は千二百人もの孤児の養育と教育に情熱を捧げた人で、〝孤児の父〟といわれている。狭い路地を縫って十次の生家を訪ね、周囲のこけむした石垣を眺めながら歩いていると、幹線の国道10号を車で通過するだけでは気がつかなかった高鍋の顔が、ふと見えた気がした。

　その懐は意外に深く、温かい。歴史の鼓動がかすかに響くような奥行きの深さがある。そして運命のいたずらとでも言うのかどうか、平成八年春にはその高鍋支局への転勤となった。いくつかの幸運が重なった。一つは、書棚から引き出した『高鍋藩史話』（安田尚義著）に魅せられてしまった。さらに、『高鍋町史』をひも解くうちに、そこに克明に描かれている戊辰《ぼしん》の役での北越の戦いや西南戦争での激戦と、それに揺れる高鍋藩の人々の様子にアクション映画を見るように引き込まれた。町史をまとめた執筆者の一人である高鍋史友会会長の石川正雄さんと出会えたのも、幸運だった。

関連する資料を少しずつ読んでいるころだった。高鍋藩秋月家から米沢藩上杉家に養子に行き、潰《つぶ》れかけた米沢藩を再興させた名君として知られる上杉鷹山を主題とする演劇が、平成九年七月に初めて高鍋町で公演されることに決まった。そこで同年二月、高鍋町と姉妹都市である米沢市の上杉雪灯ろう祭へ、訪問団の一行の一人として訪れることもできた。

その帰路、新潟では戊辰の役の高鍋藩戦死者の墓に参り、東京では高鍋藩から出て大審院長になった三好退蔵の墓を訪ねた。

上杉鷹山を知るには、その実兄の秋月種茂《たねしげ》を知る必要があった。その種茂が、江戸時代に蔓延《まんえん》していた乳児殺しの「間引き」を防ぐために、赤ん坊誕生を祝って世界で初めての児童手当にあたる米を支給していたことを知ったときは、大変な驚きであった。それは、明治期の石井十次の精神とつながっているという思いが、一瞬心の中を走った。

秋月種茂、上杉鷹山、石井十次、三好退蔵、秋月左都夫《さつお》（高鍋藩出身の外交官）……。何人かの「点」である人物像を追いかけていくうちに、「点」はやがて「線」となりそうな手ごたえをつかんだ。つかんだという気がした。

そのつかんだ思いを少しでも早く表現したいと書いたのが、平成九年四月から七月までに宮崎日日新聞の児湯・西都版で連載した「志は高く」である。しかし、紙面が限られている新聞連載では、かなりの部分を割愛して、その最小限の部分だけで構成せざるを得ない。連載記事を骨格にして、さらに各時代の背景などを新たに盛り込みながら、大幅に加筆したのが本書である。

なお、本文は文書記録をもとに記述したが、会話部分では史実から大きく逸脱しない程度に書き加えている部分もあることをご了解願いたい。本文中は敬称を略した。時間は現地時間が基本であり、明治五年以前は旧暦である。引用文もわかりやすいように書き改めたところもある。

和田雅実

目次

第二章　明倫堂の教え

第三章　幕末と維新

無私の精神の系譜

志に生きた高鍋人

第一章　秋月種茂と上杉鷹山

種茂お国入り

日向の国高鍋藩領は、東側を長く日向灘に面し、耳川、小丸川の大きな川が注いでいる。大坂から船で耳川河口の美々津港に着いた第七代藩主秋月種茂《たねしげ》が初めて高鍋藩に入ったのは、一七六一年（宝暦11）五月のことであった。

すべてが輝くような緑に包まれていた。青い尾鈴山の雄姿を背に、かつてない行列が南に進んでいた。

鉄砲三十人と弓十五人、槍二十人が整然と進む行列だった。ふつうは鉄砲隊だけなのに父種美《たねみつ》が差し向けた異例の行列は、種茂に大きな期待を寄せている証しだった。

歓迎役の家老手塚甚五左衛門は、城下を見渡せる小丸川高台の鬼が久保の坂の上へと急いでいたが、それが間に合わぬほど若き藩主の動きは敏速だった。

この時、種茂十九歳。息急《せ》き切って甚五左衛門が坂の上に着いた時は、もう種茂は小丸川を見下ろしていた。

「これが高鍋の城下か」

だれにともなく種茂はつぶやいた。

大きく蛇行する小丸川の川面は初夏のまぶしいほどの日差しを受けてキラキラと光っていた。家並みが川向こうに並び、視野の西の端には鶴のように美しく白い城が見てとれた。舞鶴城であった。

行列は小丸川を渡し船で越えて、小丸通りを真っ直ぐに進んだ。お仮屋の角を曲がって家老屋敷が並ぶ筏《いかだ》の通りをへて、架け替えたばかりの大手門の橋を渡った。

新緑の大クスが種茂を迎えた。緑の風に染まるようだった。

旧高鍋藩領を象徴する尾鈴山と小丸川

秋月家の祖先をたどると遠く二千年前の中国の皇帝である漢の高祖にまでさかのぼ

る。高祖の末えいである後漢の霊帝のひ孫にあたる阿知使主《あちのおみ》が大陸の内乱を避けて、応神天皇の時代に十七県の民とともに日本に帰化したのだった。約千六百年前のことである。天皇は、この漢文化を伝える部族を重んじ、大和の地に貴族の待遇を与えた。

推古天皇のときには、小野妹子の遣隋使の留学生としても派遣されている。そののち、今の大蔵省の名のもとになる「大蔵」の姓をいただき、藤原純友の乱平定に活躍した。この功で九州の「原田」の郷で居を構えることになり、一貫して天皇に味方する宮方の名家として栄えた。

だが、平家と源氏の壇ノ浦の戦いでは平家に味方したため源頼朝から領地を没収されてしまった。筑前の秋月の庄に家を再興して「秋月」を姓とした。戦国時代は大友と争い、一時は山口の毛利元就《もとなり》の元に逃げたこともあったが、やがて島津と結んで反撃に転じ、大友を窮地に陥れ、大友は豊臣秀吉に助けを求めた。

秋月種実《たねざね》は島津との盟約を守って大軍の秀吉に抵抗して敗れた。このため秋月三十六万石から高鍋三万石に減封されたのだった。この当時、高鍋は財部《たからべ》といった。一五八七年（天正15）のことである。秋月から財部城へは「宿老百人、近習千人を引き連れた」との記録があり、非常に多数の家臣を伴っての移住だったという。

現在の東児湯と飛び地である日向南端の福島（串間）を中心とした三万石のうち、

諸県の木脇村など三千石は三代目藩主のときに分知され、種茂が藩主の時は二万七千石であった。

一八六九年（明治2）の版籍奉還時の高鍋藩の人口は、約四万三千人。このうち武士階層は家族を含めて約二千人。その奉公人は六千四百人。農民二万三千人、漁師四千七百人、町民千九百人などで、種茂の時代の人口は三万数千人と推測される。

種茂は一七四三年（寛保3）十一月、江戸麻布の高鍋藩邸で生まれた。幼名は「黒帽子」。秋月家の幼い長男が代々受け継ぐ名前である。筑前に黒帽子、白帽子という地名があり、それが由来という説がある。

種茂の八歳下に二男松三郎が生まれた。のちの上杉鷹山である。黒帽子と松三郎、兄弟仲良く江戸藩邸で育ちながら学を好み、俊英の声は成長とともに周囲に高まった。

種茂は十四歳で徳川九代将軍家重に拝謁。一七六〇年（宝暦10）七月八日、十八歳で家督を相続した。弟松三郎が米沢藩上杉家へ養子入りする前日のことであった。

お国入りした種茂はじっとしてはいなかった。早速、領内の九つの神社に詣で、藩政刷新の誓いを立てた。藩主を慕う藩民たちに直《じか》に接し、その美しい風土に魅了されるなかで胸に熱く燃え上がるものを感じた。

このころ江戸では泰平の世に慣れ、武士の士気は薄れ、一方で幕藩体制を支えていた農民は重い年貢で疲弊し始めていた。関東では二十日余りにわたり二十万人もの農民一揆が起きるなど、幕藩体制は根底のところから動揺を見せ始めていた。老中田沼意次《おきつぐ》が政権の実権をにぎり、わいろ政治がはびこっていた。

「金銀は人の命にもかえがたきほどの大事な宝だ。その宝を贈ってもご奉公をしたいと願う人ならばお上に忠である。志の厚い薄いは贈物が多いか少ないかに表れていよう」

田沼意次がそううそぶくほどだった。

意次のところにある日、京人形が一箱贈られてきた。開けてみると中から生きた京人形、つまり京美人が美しい着物を着て出てきたという話もあった。多くの幕府役人は当たり前のようにわいろを受け取り、幕府の政治は腐り切っていた。

「役人の子はにぎにぎをよくおぼえ」

江戸の庶民はそんな川柳で皮肉っぽく田沼の政治を見ていた。

高鍋藩でも順風のまま江戸中期まできたのではなかった。最も混乱したのは家督相続をめぐる「上方下方騒動」と呼ばれるお家内での争いだった。

初代藩主種長が一六一四年（慶長19）に死去したあと、養子の種貞を推す家老坂田五郎左衛門と四歳の実子種春を擁立する家老白井権之助が対立。幕府の命により種春が二代目を継ぐことになった。だが、幼い藩主は元服する十五歳まで藩地に入ることは許されない。その間は十二年もの間、藩主が不在だった。この間、白井権之助による政敵への粛清の嵐が高鍋藩内に吹き荒れた。

まず、「藩主の命である」とうそをついて家老坂田五郎左衛門を討ち、さらに種貞の後見人であった内田吉左衛門のほか板浪清左衛門とその一族三十六人を殺害した。まるで城攻めのような軍勢で弓矢などを射かけ、幼い子供までも殺害した。そして旧来の重臣が相次いで病没したあとは、白井権之助の権勢は揺るがぬものになった。

白井権之助の嫡子又左衛門は自ら「秋月」を名乗った。この又左衛門は藩財政が逼《ひっ》迫《ぱく》していたために藩士の家禄のうち三分の一を削るという藩命を受けていたが、自分の派閥の藩士には手心を加えた。

「藩命を曲げるものは国賊だ」。坂田大学らは又左衛門を倒そうと血盟を結んだが、密告者が出たために坂田大学は殺され、同志たちは次々と藩を出奔するか、又左衛門の一派に殺害された。坂田大学の同志や一族ら五百三十人は脱藩して逃亡を試みたが、その多くが殺された。

白井権之助、又左衛門の一派を「上方《かみかた》」、坂田大学らの一派を「下方《しもかた》」といい、上方により殺されるか、藩を追われた者は五百六十六人におよんだとされている。高鍋藩にとって血で彩られた暗黒の時代だった。貴重な人材を失い、藩財政も危機に陥ったという。

　種春を継いだ三代目藩主種信は、不正を厳しく取り締まるために監察官にあたる「横目」を設置。「もしえこひいきあれば、切腹を申しつける」と、不正に慣れ、緩みきった家臣の気持ちを引き締めた。今で言えば「意識の改革」を藩士に迫り、信賞必罰を明確にして政治を立て直した。

　また種信は、上方下方騒動で失われた人材を補うために全国から人材を集めた。安芸の国の三次《みよし》郷からは門田治部左衛門（のちに三好姓）、下野《しもつけ》の国からは手塚類之助や田村金左衛門。さらに越後流の兵学者佐久間頼母《たのも》や河内山清八（のちに水筑《みずき》姓）など、のちに藩の柱となる人材が、清新の気風を藩に持ち込み、危機にあった高鍋藩の生気を取り戻した。

高鍋藩時代の面影を残す
舞鶴城の城跡

　種信以降、六代種美《たねみつ》までの歴代藩主は藩財政を豊かにするために領内での新田の開発を積極的に推し進め、都井岬での馬の放牧を試みるなどして、ようやくここに藩の基礎が確立された。

そして、高鍋藩の政治、経済が最も充実し、輝くのが種茂の時代であった。中央の幕府は腐乱し始めていたが、南九州の小藩では政治と民心が一体となった黄金時代が築かれる。

政は人なり

十九歳の若き藩主種茂がまず手掛けたのは藩政への新たな人材の登用だった。

「政治はまず人だ。清廉で誠実であり、篤学の人がいてこそ民と藩士の信頼も集まる」

種茂はそう強く思っていた。

最初に登用したのは、朱子学者山崎闇斎《あんさい》の門下生高木毅斎に学んだ田村織右衛門。総奉行に任命し、五十石を加えた。江戸からは医師山田玄随を召し連れて優遇したほか、才能があったが家柄が低いために用人という下の位にいた小田岡衛門を家老に抜擢した。

藩の経費削減のために江戸藩邸の年額の費用二百両を百両に半減。藩財政も三分の一に縮小し、「藩民、藩士の座会は一汁二菜酒三合までとする」とぜいたくを戒めた。泰平に慣れ、士気が緩みがちな藩士に対しては、舞鶴城の北にあった黒谷の射場での足軽けいこを年中無休にした。従来は歴代藩主の命日は休みだったが、それを廃止し、砲術のけいこには自ら何度も視察している。

城内にこもらずに率先して指揮をとる種茂の施策に、城下は張り詰めたような緊張が生まれ始めていた。

「国づくりは人づくり」

種茂が生涯にわたり貫く思想であるが、それは農民をはじめとする藩民を大事にし、いたわることから出発した。初入部した一七六一年（宝暦11）十一月には、全国でも、いや世界でも当時としては珍しい「児童手当」を農民に支給し始めた。

幕藩体制は、領主が農民から年貢をとり、それを貨幣に換えて必要な物を買うというのが基礎である。農業と自給自足の経済が封建社会を支えていた。だが、重い年貢に農民は、江戸中期になると疲弊していた。だが「百姓とゴマの油は搾れば搾るほど出る」と幕府の勘定奉行が言い放つほど、農民から年貢を搾りたて、ほかの多くの藩でもそういった強圧で財政の危機を乗り切ろうとしていた。だが、経済の基礎をつくる農民が困窮するほど生産は伸びず、封建社会の上に成り立つ各藩はさらに財政の危機を深めるという悪循環に陥っていた。

そんな農民の困窮を示すのが、当時、全国に蔓延していた「間引き」だった。農民が口減らしのために生まれたばかりの赤ん坊を殺すのである。間引いた子が男の子なら「川遊びにやった」といい、女の子なら「よもぎ摘みにやった」と語った。特に女の子は農業の力仕事で男より劣るため、こんな歌もあった。

「もしもこの子が女子なれば、むしろに包み、縄をかけ、前の小川へすっぽんぽん。下から雑魚がつつくやら、上からカラスがつつくやら」

子供が減れば農家の人口も減り、労働力の減退でさらに生産は落ちていく。高鍋藩でも間引きは「なんきんのこやし」と言って、その悪習は広がっていた。

種茂は、特に子だくさんの農家で間引きが多いことに着目し、子供三人目からは扶助として、一日に赤米二合、麦三合ずつを支給した。児童を対象にした食料の補助は、当時、日本でも欧州でも記録がなく、世界初の児童福祉手当といってもよいだろう。

のちに弟の上杉鷹山が米沢藩で施した「生児愛育令」は歴史上有名になるが、実はそれより十年も前に南九州の小藩で実践されていたのだった。上杉鷹山が実際に米を支給できたのは、さらに十年遅れている。

さらにこのころ、双子誕生を忌み嫌う風潮があった。藩士の一人が双子を捨てるということが明らかになり、種茂は「子供の貴い命をむやみに遺棄した」と昼間の外出を禁じる「逼塞《ひっそく》」という厳しい罰を与えた。

「双子出生は喜ばしいことだ。双子誕生を申し出れば、身分を問わずに米を支給しよう」

種茂はそうお触れを出した。

だが一方で、妊婦が自力で出産して過って赤ん坊を死なせたり、産婆の技術が未熟なために子供が死ぬことが多かった。産婆によって間引きが行われるという悲しい実態もあった。

「これはどうにかしなくてはいかん」

種茂が頭をひねった結果、優秀な産婆を外部より招き、出生率を高めることにした。大坂（大阪）から産婆みつが破格の待遇で招かれた。三人扶持の扱いのうえに支度金と旅費に高額の銀が支払われた。服装は武士の妻と同じものを着ることや、籠に乗ることも許可された。異例の待遇であった。

産婆みつの活躍で、多くの赤ん坊が元気なうぶ声を上げて誕生した。この人材は、将来は高鍋藩を支えていく大切な資源だ。種茂はそのことをだれよりも分かっていた。新しい生命の誕生を喜ばない者はいない。喜ばないのは貧しさからだ。毎年のように襲う台風や飢きん。災害が起きれば、食いぶちの多い家ほど苦しむ。だれもが生死を分ける災害や病気を恐れた。

種茂は、まず疫病の対策として当時の最高の薬とされた朝鮮人参の栽培にとりかかった。親戚筋の尾張藩からの苗の寄贈をきっかけに藩内で広く栽培し、藩庫には朝鮮人参の山ができた。藩内で疫病が流行ると藩庫から朝鮮人参が取り出され、農民、町民を問わずに支給されたという。

江戸浅草の商人が藩内で高額の朝鮮人参を売りさばこうとしたことがあったが、藩は「朝鮮人参が必要な時は奉行所でいつでも渡す」とお触れを出し、商人の高い朝鮮人参を買わないようにと指導している。

飢きんの対策として、種茂が行ったのは「囲い籾《もみ》」あるいは「用心米」と呼ばれるものだ。豊作のときに農民と藩が互いに籾を貯蓄し、飢きんに備える。

朱子学の朱子が仁の教えをもとに「社倉」として提唱したのが始まりで、日本の儒者山崎闇斎もまたその創設を主張した。高鍋藩は闇斎学派の儒教を取り入れているため、闇斎流儒者であった藩士の千手八太郎らが実践し、種茂も積極的に推し進めた。

農民と藩の一致した努力により、一八二〇年（文政3）には高鍋藩の萩原、美々津の倉庫には六千八百俵が貯蔵された。食うに困った農民は庄屋を通じて米が貸し出され、豊作のときに返せばよかった。

「返納は一斗につき五合の利息を加えて毎秋に返納すること」

「貸し渡しは平等であるべきこと」

「社倉米の基礎確立のうえは籾にて囲い置くこと」

名前は社倉米となっているが、「社倉条目」にはそう記されている。

日向の国で一番怖いのは、炎天が続くことによるひでりだった。水不足での稲の全滅はそのまま農民の死につながり、藩財政を根底から揺るがす。高鍋藩歴代藩主のなかで種茂ほど水の確保のための事業をした藩主はいない。溜め池を新しく大平寺、持田、椎木などに十四カ所設け、水路を五カ所掘った。その水の確保により、荒れ地は美田に変わり、川北（都農）の三日月原のように開墾により新田が次々と開発された。

一七八三年（天明3）、世にいう天明の大飢きんが起きた。長雨が全国的に続き、浅間山が大爆発し、どこの国の米も不作でとれなかった。

「浅間《あさま》しや富士より高き米相場　火の降る江戸に砂の降るとは」

江戸ではこんな落首《らくしゅ》も詠まれた。生産力の低い東北では深刻な打撃を農民に与え、イヌ、ネコはもちろん人肉まで食うという地獄絵が繰り広げられた。

高鍋藩では飢きんが起きる度に年貢を軽減し、豊富な「囲い籾」により救助米が農民へも支給され、ついに大飢きんでも一人の餓死者も出なかった。全国に広がった農民一揆も発生しなかった。

逆に、一七八八年（天明8）には前年の凶作のときに宅地税が免除されたことを感謝した農民延べ二万五千人が、井手修復に自ら奉仕している。当時としては珍しい出来事だった。

また種茂が創設した独創的な共済制度として「足軽役米法」がある。遠い江戸までの一年おきの参勤交代は、経費を自己負担する薄給の足軽にとって大きな負担だった。そこで足軽同士が米を出し合い、藩も補助して江戸勤めの足軽の経済的な重圧を軽くしている。

三　富　侯

「ドガーン、ドガーン」

舞鶴城内にいた種茂のところまで大砲のごう音が響く。

「おお、やってるぞ。首尾はどうであろうか」

種茂は近習の一人に聞いた。

この年、一七八二年（天明2）七月、高鍋藩の水田や畑はイナゴの大群に襲われた。イナゴは「バリバリ」と音を立てて作物を片っ端から食い荒らした。

一隊は中小姓、徒士《かち》らを連れて大平寺から宮田川を下りながら途中四カ所で大砲を発射した。別の一隊は小丸、道具小路など四カ所で発砲した。農民も軒を出て、鉦《かね》を打ち鳴らしながらイナゴを追い、夜はたいまつの行列をつくってウンカ、サバエなどの虫送りに数日費やした。

その前年は、ひでりに悩んだ。五月から雨は一滴も降らず、村々では早くも雨乞いを始めたが、六月に入っても降る気配はなかった。深刻な飢きんを生ずる恐れが出てきていた。

「殿様にお願いするしかない」

藩民もだれもが切望した。

六月十四日から三日にわたり比木神社で神事をし、同時に小丸川の蛇ケ淵で長さ六尺、幅三尺の新造船に供え物を乗せて浮かべ、祭事を行った。

これらが済んだあと、城下から五里離れた尾鈴山にある尾鈴神社で種茂自ら雨乞いをした。それが終わり、都農のお仮屋での休息のあと城へ向かう途中のことである。ポツリ、ポツリと降り出した雨は垂門に着くころには本格的な大雨となった。農民は前も見えないような大雨のなか沿道に飛び出し、ずぶ濡れになって帰路中の種茂に感謝した。その奇跡は長く児湯地方に言い伝えられた。

農業の基本は稲作であったが、種茂は金を得やすい商品作物や特殊な産物の開発にも力を入れている。

その一つは蠟《ろう》の原料となるハゼである。高鍋藩の台地の畑に等間隔でハゼの木が植えられ、冬には落葉して房の実がたわわになった。紙の原料のコウゾも川岸や土手などに植樹され、紙すき屋敷を藩内に建てて、紙にまで加工して売り出した。漆、棕梠《しゅろ》、茶などの栽培も始まり、黒砂糖や塩の生産も盛んになった。イワシを干して肥料にする「ほしか」や小丸川の河口などでいくらでもとれるカキの殻を焼いて石灰分にした肥料も生産されていた。これらの肥料が作物の増収に大きな影響を与えた。

藩内は東児湯の新納院、福島の串間院とも豊富な林業資源に恵まれている。そこでつくられる木炭は、高鍋藩の主要な産物だった。江戸時代、木炭は日常生活には欠かせないエネルギー源である。

木炭は蚊口港などから毎回数千俵の単位で大坂らの大消費地に運ばれた。木炭は莫大な利益を生み、大坂の人々は色が浅黒い日向人を「日向の炭焼き」とあだ名した。高鍋藩の木炭の印象は強烈であったのだろう。

一七七九年（安永8）には種茂は、幕府から勅使接待ごちそう役を命じられているが、その御用金を江戸に送るときに、大坂で木炭の売り上げ金から約四百両を調達している。木炭は高鍋藩にとって黒い宝石であった。

種茂の経済的な才覚がこの林業を通じていかんなく発揮されたのが、江戸の大火事に対する機転の良さだ。

一七七二年（安永元）、江戸は大火に見舞われた。無数の家屋が焼け落ち、材木は高騰した。

「江戸は材木が不足している。この機を逃さず、藩内の木材をできるだけ江戸に送れ」

情勢に機敏な種茂らしい決断だった。都農、川南、福島と藩内の山林ではいっせいに木の伐採が行われ、川から運ばれた木材はそのまま海路、江戸へと運搬された。大火を機に江戸まで木材を売ったのは、歴代藩主のなかでもおそらく種茂だけだったろう。

江戸時代初期には「上方下方騒動」で政治も経済も危機的な状況の高鍋藩だったが、

種茂の治世では豊かな国に生まれ変わっていた。

高鍋藩二万七千石は、結局、一八六八年（明治元）の調べでは、約七万二千石の生産力があったとされる。国力は実に二・六倍にまで上がっていたのである。

江戸城「柳の間」は、五万石以下の大名の詰め所であった。ここで高鍋藩は津和野、人吉藩と並んで「三富侯」と呼ばれた。さらに江戸後期の農学者佐藤信淵は著書『経済要録』にこう書いている。

「富裕な藩は一に芸州、二に高鍋」

高鍋の豊かさを裏付けている。

幕府も高鍋藩の豊かさと種茂の人徳を認め、実に十一回もの勅使接待ごちそう役を命じている。幕府は諸藩の力を弱めるために参勤交代のほか重い公役を負担させた。伊達家の御茶ノ水の堀割り工事や島津家の木曽川治水工事など藩にとって大きな負担だった。

小藩はそんな大規模な事業の強制はなかったが、勅使接待ごちそう役はその一つ。赤穂藩浅野家の「忠臣蔵」にみられるように財政的な負担は大変なものがあった。普通は藩主一代で二回前後だっただけに、種茂のように十一回というのは極めて異例であった。

農民が困窮して多くの藩が財政難に悩むなか、殖産興業が実った高鍋藩は、農民への手厚い施策で農民一揆も起きず、富裕な藩として全国に知られるようになっていた。

明倫

南九州にある高鍋藩は毎年のように台風に襲われたが、一七七八年（安永7）は、七、八月に続けて大きな台風の襲来があった。

七月十日の台風の災害の傷もいえぬ八月八日、再び暴風が吹き荒れ、横殴りの雨が地面をたたきつけた。舞鶴城入り口の大クスの枝は狂ったように前後左右にざわめき、揺らぎ、必死に暴風に耐えていた。

「小丸川は大丈夫か。宮田川の堤が切れる恐れはないか」

心配する種茂に、蓑《みの》、笠をつけて見回りをしてきた家臣が次々と報告してきた。

「小丸川の土手が一部決壊しております」「潮よけの土手も崩れ始めました」

ふだんは美しい小丸川も蚊口の浜もいったん暴れ始めると、人の手ではどうしようもなかった。決壊した堤からは濁流が城下の低地を侵した。美々津や川北、通り浜の漁村では、漁船をひっくり返し、刈り入れが迫った水田を沈めた。

二度の台風により一万九千石の田畑が損なわれ、千八百十四軒の民家が壊され、七人が濁流にのまれて溺死した。馬二頭も死んでいた。

「明倫堂はどうだ。傷んではいないか」

と、種茂は、台風が通りすぎると儒学者千手八太郎とともに藩校明倫堂へと急いだ。明倫堂はその年の二月二十四日、ちょうど大クスの前に位置する場所に開設したばかりだった。種茂が理想とする国づくりのためにはなくてはならないものだ。その気持ちは八太郎も同じだった。

藩校設立を進言したのは八太郎であった。それまで藩には武芸を中心とした稽古所が舞鶴城前の「角の屋敷」にあり、八太郎が儒教の経典にあたる経書の講義をしていた。しかし、その近くに米蔵があったため人馬の出入りが多くて騒がしく、それに武芸練習の音や声も加わり、経書をじっくり学ぶという環境にはほど遠かった。

種茂は弟上杉鷹山と並んで、好学の士として江戸藩邸では著名であった。初めは荻《おぎ》生《ゆう》徂徠を学び、のちに八太郎の勧めで四書、五経の経学を修めた。藩主になってからは「藩主の在城中に必ず一度は武芸上覧をおこなう」と決めたほか、稽古所での成績や出席状況を報告させていた。だがそれでは、まだ根本的な改革とは言えなかった。

八太郎はこう進言した。

「今の稽古所のままでは出席の者も少なく、ますます衰微するのではと心配しています。経学は事物の道理を求め、心身の性情を正しく養うものであり、学びの場所も閑静なところが良いのですが、今の稽古所ではあまりにも騒々しい。どうか静かな場所に学校を造ってください。経学はおのおのの行動の慎みをもって本とし、己を責めて人をとがめない学問です。家中の者のほか農家の者も学ぶように仰せつけくださ い」

そう説得したうえで、こう結んだ。

「人材教育の儀は、御家中の風俗の盛衰、国家の治乱にかかわる大切な儀です。格別の思し召しをもって学校を造ってください」

幕府の中枢では、老中田沼意次のわいろ政治がまかりとおり、泰平の世に武士の士気も緩み、人々の心も荒《すさ》みがちな時代である。

「何事にもまして自己を清く、正しくしなくてはならない」

と、ふだん家臣に言っている種茂は、八太郎の進言に心を揺り動かされた。

「藩は新田も多く開発し、三富侯と呼ばれるほどに豊かになった。だが、豊かさだけでは本当に人々が幸福な国かどうかは分からん。結局は人がどう生きるかにかかっている。人を育てなければ、この国も滅びよう。国づくりの行き着くところは、人づ

秋月種茂自筆の明倫堂の扁額
（高鍋町歴史総合資料館）

くりだ」

そう思った種茂は、藩校開設を決意する。

藩校の名は明倫堂。明倫とは「人倫を明らかにすること」。つまりは、各人が自分の行動規範を確立することだった。

二月二十四日、藩士も藩民も待ちに待った明倫堂の開講式が開かれた。講堂の正面には、種茂の直筆による「明倫堂記」の額がかかった。種茂が何度も推敲《すいこう》を重ねてつくった明倫堂の教育精神であった。

「古来、政治は教育を先とする。教育の目標は人倫を明らかにすることであり、政治の根本は風俗を正し、賢才を得るにある。（中略）師学立ち教育成れば、賢者がそれぞれの部署につき理想の政治が実現する。祖父は稽古所を設けて学問武芸を勧め、父はその志を継ぎ、日向は西に偏しているからと青年を京に学ばせた。自分も不肖ながら学校を造り、小学、大学を設けた」

そして種茂はこう強調した。

「学校は朱子学によって教育する。学問は己のためにし、人のためにするものではない。教えに従って段階を踏み、中途でやめることなく、いたずらに高遠に走らず、卑近に滞ってはならない。（中略）学校は人材を成就する地である。人材がその部署につけば、風俗は改まって善にうつり、扉を閉ざさなくても物を盗む者はなく、道に落ちた物を拾って着服するような者のいない理想国家が実現する」

教育は国家を治めるうえで最も大切な事業だ。種茂公はそう思い、その末の理想国家を思い描いていた。

道徳が徹底することで政治が治まるというのは、江戸時代の朱子学の考え方であったが、明倫堂では八歳に入学して最終的に三十歳で卒業するまで、徹底して「人倫」つまり「人の道とは何か」を学ぶ。しかも「知行一致」。思想すなわち行動であった。

この明倫堂からは廃藩置県による廃校まで多くの藩士、藩民が巣立つ。明倫堂の特色や教育内容とその変遷は、第二部「明倫堂の教え」でのちに詳述する。

種茂は、明倫堂記の終わりをこう結《つづ》んでいる。

「ああ、この堂に学ぶ者、これを敬み、これを勉めよ。怠るなかれ、荒むことなかれ」

松三郎、上杉家へ養子に

種茂の実弟の上杉鷹山（治憲）は一七五一年（寛延4・宝暦元）、江戸の高鍋藩邸に生まれた。幼名は松三郎。種茂とは八歳違いで、麻布の藩邸でともに仲良く育った。

父種美の夫人ハル子は、筑前黒田家の分家秋月城主黒田甲斐守氏定の二女で、その母堂の黒田瑞耀院は米沢藩五代藩主である上杉綱憲の娘であった。松三郎は遠い縁ではあるが、上杉家のひ孫にあたり、そのときの九代藩主上杉重定《しげさだ》の従姉妹の子にあたった。重定にはこのとき、男子がなかった。

瑞耀院は重定にこう進言した。

「御身には男子がいなく、養子をもらう気だと聞いた。私の外孫の秋月佐渡守二男松三郎は九歳ではあるが賢く、孝の心は殊勝です。その遊ぶ様子は尋常の子供に似ず、人はみな『奇異の生まれ』と誉めない者はいない。御身の娘幸姫と取り合わせ、世継ぎとしてはいかが」

のちの鷹山の波乱に富んだ一生の始まりだった。

この進言を機に一七五九年（宝暦9）、九歳の松三郎と七歳の幸姫の縁談の内約がまとまった。翌年、松三郎は幕府の許可も下りて、江戸桜田の上杉本邸に養子入りした。兄種茂が高鍋藩秋月家の家督を継いだ年でもあった。

秋月家は漢の皇帝の末えいが帰化した名家ではあるが、なにせ南九州の二万七千石の小藩。一方、上杉家は戦国の雄である上杉謙信を藩祖に持ち、減封により十五万石になっているとはいえ、諸藩のなかでも名家中の名家であった。

「めでたい。めでたいことはめでたいが、わしは心配じゃ」

孫のような松三郎を心からかわいがり、その養育に心血を注いできた高鍋藩家老三好善太夫は、老いた手に筆を持ち、一筆一筆に真心を込めて若君に書をしたためた。

誠意あふれるその書は、「訓言の書」としてのちのちまで語り継がれるとは、このときの善太夫は想像もしなかったろう。その書は松三郎、いや鷹山に人の生き方を説くものであった。

一、忠孝第一であり、片時も忘れてはいけません。

一、学問と武芸は忠孝の基であり、怠ってはなりません。

一、上杉家のしきたりは小さいことでも違反せず、重臣をよく用い、身分の低い家臣の意見も喜んでその声を聞きなさい。

そしてこう切々と訴えた。

「君子たる者は、ゆったりとして人をあわれみ、胸中を広くして人を疑うことなく、まず敬の一字で人に臨みなさい。敬は、難しいことではありません。心を正直にして陰日向なく、しかも油断せずに事に臨むことです。敬は百邪に勝ると古人も言っています」

「人の上に立つ御身は、謙虚深くあらねばいけません。自分に知恵があると思ってはいけません。人に恩を受けたときは決して忘れず、善い事は少しのことでも必ず行い、悪い事は少しでもしてはいけません。賢明な者も自分の欠点を知ることには暗いものです。人を責める心をもって自分を責め、自分を許す心をもって人を許せば、だいたいのことはうまくいくでしょう」

九歳とはいえ、聡明な松三郎はその書を読んでいくうちに胸が熱くなった。善太夫のしわがれた優しい声が聞こえるようであった。高鍋藩の親しい家臣たちと別れ、独り東北の見知らぬ藩に養子入りするわが身がたまらなく寂しかった。それだけに善太夫の書は胸にこたえた。こののち、上杉鷹山と名乗るようになってからも生涯、枕元からこの「訓言の書」を離すことはなかったという。

ところで、鷹山が跡継ぎとして養子入りした上杉家の財政は、実は瀕死《ひんし》寸前の火の車だった。

上杉家は謙信のころは二百万石はあっただろうというほどの大藩だった。だが、豊臣秀吉のときに会津百万石に移され、関ケ原の戦いでは石田三成に味方したために米沢の三十万石に減らされた。さらに四代藩主が世継ぎを立てずに死去したため法によって十五万石に半減させられた。ところが、領地は激減したのに上杉家の家臣団は謙信のころからの六千人はほとんど減らずに維持されてきたため、藩の収入の九割以上は家臣の給与にあたる知行に消えていた。

十五万石の収入しかないのに、十三万石は藩士の給与に消えた。残り二万石しかない。このため商人から借金をしてはやりくりをしてきたが、借金は膨れ上がり、「大名家を幕府に返上しよう」と鷹山の義父重定が思い詰めるほど困窮に陥っていた。

しかも、三代藩主の娘が、赤穂藩の浪人に討たれる幕府高家吉良義央《よしなか》に嫁ぎ、その子が五代藩主となったため、藩財政の困窮にもかかわらずぜいたくの風は強まり、経費はかさむ一方だった。

家臣団も謙信のころからの伝統の「組」の組織があり、九十六家の侍組や武勇を誇る馬廻り組、直参の五十騎組など気位は極めて高かった。その組も代々のしきたりと形式を重んじ、藩の財政に合わせて質素にすることなどとても困難だった。

そんな状態のところへ鷹山は、南九州の小藩から養子入りしたのだった。

ちなみにそのころの藩民は、計十二万人ほどで、農民八万人、商人一万六千人に対し、武士とその家族は二万四千人いた。

大倹約令

米沢藩の江戸藩邸で松三郎から直丸に幼名を変えてからも学問への傾倒は変わらず、上杉家家臣も感心するほどだった。

「これほど学問が好きとは。だれか良い師をつけねばならぬ」

義父の重定はそう考えた。

四書五経の素読師範に識見豊かな藁科松柏《わらしなしょうはく》をあてた。その藁科松柏が日本橋の裏通りを歩いていたときである。一人の書生風の男が辻講釈をして人を集めていた。聞くとはなく聞いていたが、話は心にしみ入った。気高く、重みがあった。

「若君の師はこの人をおいてほかにない」

そう思って後をついていき、粗末な長屋の戸をたたいた。その書生風の男こそ、鷹山の生涯の師となる細井平洲であった。

「学問と今日は二つとならず」

それが平洲の口ぐせだった。さまざまな学派の良いところは躊躇《ちゅうちょ》なく取り入れた。しかし、一貫しているのは文言だけの学問ではなく、現実に生きる「実学」だった。平洲幼い直丸はいつも正座して、平洲に向き合い真剣なまなざしで講義を聞いた。平洲も幼いながらその真摯な態度に感激するほどだったという。

直丸十五歳の正月、将軍への初お目見得のため江戸城に登城した。雪が降るひどく寒い日だった。

藩邸に帰った一行は、寒さで疲労の色が見えた。「人をいたわれ」と三好善太夫の訓を思い出した直丸は登城をともにした足軽にまで「ご苦労であった」と一人ひとりに声を掛けた。格式にうるさい米沢藩では、世継ぎの若殿が足軽にまで声を掛けることなど極めて異例のことだ。足軽らは地面に頭をすりつけて感謝の気持ちを表した。

だが、上級藩士にはこんな陰口も出た。

「見ろ、なんという軽々しさだ。やはり南九州の小藩の出。お里は争えぬものだ」

しかし、江戸家老の竹股当綱《たけのまたまさつな》はこの若君の姿に感動を覚えた。

「この心を伸ばしてゆけば、必ず名君となられる」

当綱は将来性豊かなこの若君に新進気鋭の近習をつけた。莅戸善政《のぞきどよしまさ》、木村高広、佐藤文四郎などで、どの者も松柏の影響を強く受け、この若君を推して瀕死の米沢藩改革に立ち向かおうという者たちだった。

一七六七年（明和4）四月二十四日、直丸は治憲《はるのり》と名をあらため、米沢藩上杉家の第十代藩主を襲名した。この日、治憲は次の和歌を詠んだ。

――受け継ぎて国のつかさの身となれば　忘るまじきは民の父母

「民を愛し、民とともに進もう」と、体の芯から湧き起こる情熱を治憲は感じていた。十七歳の治憲がまず断行したのは、大倹約であった。

「とにかく出るものを控えねば、借金は減らぬ」

と、思った治憲は、倹約の誓詞を米沢の白子神社に奉納して譲らぬ決意を固めた。

「ふだんは木綿を着用し、食事は一汁一菜に限ること」

「近親の者でも贈答は固く禁じる」

「幸姫《ゆき》（治憲の正室）の着物もふだんは木綿を着用すること」

藩主だけでなく、正室までも木綿着用を求めた倹約令は全国でも例がなかっただろう。それだけではなかった。藩主の飲食や着物の費用千五百両だったのを二百九両にまで減額した。治憲が世継ぎのころの額と同じだったが、一気に七分の一にまで減らした。治憲は七十二歳でこの世を去るまでこの額を変えなかったという。

さらに江戸藩邸には五十人の奥女中がいたが、これを九人に減らした。多くが義父の夫人が尾張の徳川家から引き連れてきた者たちだっただけに反発も強かったが、「国のための倹約である。尾張に遠慮はいらぬ」と断行した。

治憲や当綱がいた江戸藩邸では改革は着手されたが、古くからの老臣が留守を預かる米沢本国ではそれが受け入れられるはずがなかった。

「やっぱり小藩高鍋の出よ。上杉家の格式が分かっておらんようだ」

「まだまだ若いのう。当綱ら江戸の連中がくだらぬ入れ知恵をしておるのだろう。養子はじっとしていればよいものを」

本国の須田満主、芋川正令らの重臣たちは、そう言って治憲の施策を鼻で笑って、いっこうに実行しようとはしなかった。

治憲が、初めて本国米沢に足を踏み入れたのは、一七六九年（明和6）の寒風吹き荒れる冬のことであった。福島から米沢への板谷峠は深い渓谷と険しい山が続き、横殴りの雪のなかを一行は一歩一歩、米沢へと進んだ。

治憲のかごから「フウフウ」という音が聞こえた。寒さで消えそうになったかごの中の炭を治憲が懸命に吹いて、火を起こしているのだった。小さな赤い火がポッと再び燃え始めていた。

雪のなかの一行を止め、治憲は言った。

「わが藩はこの消えかかった炭のようだ。これを再び吹き起こすのが私の務めだ。運試しと思って吹いたら、このように真っ赤になった。言い様もなくうれしかったぞ」

粗末な木綿を羽織った十九歳の若殿のこの言葉を聞いた家臣たちもまた、深い感動に包まれていた。

籍田の礼

治憲の妻幸姫は、十七歳とはいえほんの小さな子供のような体だった。精神の発達も遅れた身体障害者であったのだ。だが治憲は江戸にいる間は側室を持たず、幸姫と手遊びや人形遊びなどをして、いつもそばにいた。優しく接する治憲に幸姫は笑顔を絶やすことがなかった。

初めてお国入りした治憲は二十歳になったあと、米沢ではお豊の方を側室にもらった。十歳年上だったが、孤立する治憲を陰ながら生涯支えることになる。

参勤交代で二十一歳の春を江戸で迎えた治憲は、四月の帰国を前に一つの決心をする。そして日本橋裏の長屋に、町民が驚くような治憲の大名行列が訪れたのは、それから間もなくのことだった。その長屋には師である細井平洲がいた。銀三十枚、絹三十巻き、酒、菓子をみやげに平洲を米沢に迎えるためであった。再三断る平洲だったが、ついに治憲の熱意に負け、治憲との米沢入りを承諾した。

米沢入りしたあと、治憲は藩内でも俊英の二十人の若者を選び、平洲に就いて学ばせた。米沢で初めての学校らしいものであった。

「国づくりは人づくり。人が育てば国は興る」

好学の士が多かった高鍋藩で生まれ、育ったためだろう。治憲のこの考えは、高鍋藩主の兄秋月種茂とまったく同じだった。米沢に文教の灯がともる第一歩となった。

その夏、米沢は大かんばつに遭った。田も畑もただただ茶色に枯れていくばかりだった。治憲は草履履きで愛宕《あたご》山に登って雨乞いをした。するとその祈願が通じたのか大雨が降り始め、農民は喜びに涙を浮かべて治憲を出迎えたという。

米沢の藩内を回るうちに、農民の疲弊の重さが実感として身にしみるようになっていた。江戸の藩邸では見えなかった世界だ。暇をみては農村を歩いた。農民は疲れ、貧しく、目はうつろだった。

「国を支える農民がこれほど疲弊しているとは」

治憲は腕を組んで考えた。農村を再建するためにまず着手したのは、農村を中間で搾取する代官の改革だった。

代官は世襲制で、年貢の取り立てから米の支給、米倉の管理までだれの干渉も受けない傍若無人ぶりが目立った。職権を利用して私腹を肥やし、年貢未納の農民を裸にして縛り上げ、雪のなかに放置したり、水風呂に漬けたり、あるいは藩にごまかして利益を懐に入れる者もいた。

治憲は代官に副代官をつけたうえで、監察の役目をする横目を設け、それらを統括する郡奉行《こおりぶぎょう》を置いた。これにより悪代官は一掃された。

さらに郷村教導出役十二人を新たに設け、農村の指導にあたらせた。

「民が、特に農民に元気がなくてどうして国に活気が生まれようか」

治憲はそう思った。そして、農民を元気づけようと全国でも珍しい藩主自らが田に鍬《くわ》を打ち込む「籍田《せきでん》の礼」を行う。

これは古代の儀式にもある鍬入れ式ではあるが、このころ「百姓とゴマの油は搾れば搾るほど出る」と幕府の勘定奉行が言っていた時代である。一国の藩主が鍬を持って田に入ることなど考えられないことだった。

それは一七七一年（明和8）三月二十六日のことであった。四反の荒れた廃田が選ばれた。神社に参拝したあとの治憲が御神酒をささげたあとの田で、治憲が鍬を三度振るった。そのあと執政竹股当綱が九度、続いて郡奉行が二十七度。このあと代官らに続いて農民が一斉に鍬を入れた。

農民たちは感動でいっぱいだった。牛や馬のように扱われているのではなかった。藩を支える一人の人間として、藩主と同じ田で鍬を振るったのだ。涙を流しながら土を起こす者もいた。晴れがましい気持ちで顔を見合わせる者もいた。

当時としては、奇想天外な儀式ではあったが、これを機に米沢藩は改革の扉が音を立てて開き始めたのだった。

その秋、この田は立派な穂をつけた。このとき治憲は江戸にいた。

「収穫米を殿にお見せしたいものだ」

近習の佐藤文四郎がそう言うと、足軽の金子與右衛門が願い出た。

「そのお米は私に背負わさせていただきたい。子供にご奉公を教えるよすがにもなります。路銀などはいただきません」

「そうか、それでは馬を使え」

と、文四郎が言うと、與右衛門は、

「背負いながら馬に乗るわけにはいきません。馬の鞍《くら》につけると自分の腰より下にお米を置くことになってもったいない」

そう言って、與右衛門は着物を売って路銀をつくり、七十五里の江戸までの道を背負い通して治憲のもとへ届けたのだった。

「そうか、ありがとう。大変だったろう」

その治憲の言葉を聞くや、與右衛門は大粒の涙を流したという。

七家老の強訴

治憲自らが範を示しての改革の波は徐々にではあるが、藩内にも浸透し始めていた。だが、それに水をかけるような事件が起きた。江戸の大火で江戸藩邸が焼け落ちてしまったのである。藩邸の材木を買うような余裕は米沢藩にはない。「上杉家には金を貸すな」と江戸の商人にも悪口を言われ、五両の金にも困るほどだったのだ。

治憲は困った。そこで腹を固めた。藩士一同を米沢の城に集めたうえで「なにかいい知恵はないか。よろしく頼む」と頭を下げたのである。

若さゆえの率直さであるかもしれない。だが、それが功を奏した。

武勇で鳴る五十騎組らの武士が、「わしらに任せてください」と木の伐採をかってでたのだ。総勢六百人。当綱を総頭取に謙信以来の名門の武士らが刀をおのに持ち替え、「きこり武士」になったのだった。かれらはわずか二十日で一万本の巨木を運びだし、江戸藩邸建て直しの材にしたのだった。

ほかの藩士たちも治憲と五十騎組につられるように荒れ地の開墾や橋の架け替え工事などに率先して出るようになった。それまでは、城内で文書を「ああでもない、こうでもない」と書き替えては仕事をしたつもりになり、城外では藩民にいばり散らしていた藩士たちが刀を置き、汗をかき、荒れ地を田畑にかえていったのだ。

だが、そういった風潮をおもしろく思わない者もまだたくさんいた。

「なぜ武士が百姓やきこりの真似《まね》をせねばならぬのだ」と、彼らは思った。

旧態依然とした因習に縛られた重臣、上級藩士たちの心はそう簡単にはほぐれない。その硬直した心は、改革にとって最大の障壁だった。

江戸家老須田満主もその一人だった。一七七三年（安永2）、江戸から治憲が帰国したとき、満主もお伴をした。領内に入ると村人が橋を新しく架け替えたばかりだった。まだ足跡のないのを知った木綿着の治憲は、馬を下り、徒歩で橋を渡った。

その後に続いた満主は、馬を下りようともしない。若い藩主への反発を村人の前で露骨に見せつけるようだった。しかも絹の羽織りを風になびかせて。藩主が歩いて渡った橋を馬に乗ったまま渡ったのだった。

治憲が倹約令などの改革案を出してきても、「こんなものできるわけがない」と鼻も引っ掛けないでいたが、藩士のなかに治憲と竹股当綱一派に同調して改革に参加する動きが出てきたので無視するわけにもいかなくなった。

その年の六月二十七日、蒸し暑い日の早朝、須田満主、千坂高敦、色部照長、長尾景明、清野祐秀、芋川延親、平林正在の七人の重臣は、こぞって登城した。あらかじめ画策して莅戸善政、木村高広ら治憲の近習らを登城させないようにしていた。治憲は孤立した状態だった。

そして七人連署の冊子を治憲に差し出した。五十条、一万六千字の長文であった。

「殿、この冊子をこの場でとくとご覧いただきたい。そしてご即答を願いたい」

満主はそう言って、冊子を治憲に渡した。小藩から来た養子の若殿に対する頭ごなしの強圧的な態度が見てとれた。

その冊子は、竹股当綱、莅戸善政らを退けることを主張し、細井平洲は「油断のならぬ人物で藩にとって害がある」と侮り、「籍田の礼」や一汁一菜の倹約令、雨乞いなどを藩主がするのは「子供だまし」と糾弾した。しかも「国の十万人のうち九万九千人はあなたの改革に従ってはいません」とまで言い切っていた。

「この要求が採用されないなら、七人そろって辞職いたします。即決されるまでこの場を動かないでもらいます」と満主らは語気を強めた。

藩主を軟禁状態にしての異例の強訴だった。

一読した治憲は、

「国家の大事ゆえ、よく考えて大殿（重定）とも相談してみよう」と言った。

だが、彼らは聞かない。

「殿は秋月三万石の小家から入られたから上杉十五万石の家の格が分かってはおられぬ。つべこべ言わず、当綱らを退けられるかそれとも私どもを辞めさせるか即答を」と、七人は詰め寄った。

あまりの無礼に治憲が席を立とうとしたときであった。

芋川延親は治憲の袴《はかま》を手でつかみ、治憲は一瞬身動きできなくなった。

近習のなかでただ一人、隣室にいた佐藤文四郎が駆け寄り、芋川延親の腕を激しく手刀で打った。「殿、早く」。そう言って治憲をその窮地から救い出したのだった。文四郎はふだん、どこか抜けているようなところがあるため、七人も油断したのだった。

七人は退出したまま城には出てこなくなった。

この顚末《てんまつ》を聞いた重定は怒り、「七人全員を切腹させよ」と言った。

だが治憲は、「彼らの言い分が正しいかどうか藩士に聞いてみよう」と二十九日、当綱に近い藩士をのぞく大目付以下、監察職、三十人頭ら主だった藩士全員を幾度かに分けて呼んで問いただした。

「そのようなことは全くありません。ご政道は正しく、人心も服しています」とだれもが異口同音にこたえた。

これを受けて治憲は処罰を下した。

須田満主、芋川延親の二人は切腹のうえ家名断絶。千坂高敦、色部照長は隠居閉門のうえ知行半分召し上げなどで、冊子の起草者藁科立沢は首謀の罪で斬首の刑に処せられた。ふだんは穏やかな治憲の毅然とした処置だった。

「若殿はなかなかやるぞ」

藩士、藩民に治憲への威信が高まる声が聞こえた。米沢藩を覆っていた霧が明け、視界が開けていくような明るさが藩内に満ち始めていた。

殖産興業と仁政

治憲の改革に反発する重臣らが一掃されてから、改革の火は藩内に燃え広がった。

まず藩士が新田の開発に乗り出した。各組が競うように城を出て、雑木の生える草地や荒れてしまった田畑で鍬を振るった。

小野川村の水田の開発に始まり、延べ一万三千六百人が繰り出し、十六カ所の八町八反余りを開墾した。泥だらけになって指揮を執るのはいずれも謙信以来の名家の武士たちだった。治憲はそういった村々を回るのを楽しみにしていたが、村人らは「藩主様が来る」というので必要以上に気をつかう。実際、それまでは粗相があると後からしかられていたから、仕方がないことだった。

そこで治憲はお触れを出した。

「沿道を掃除するには及ばぬ。近くを通っても農作業の者は手を休める必要はない。宿泊のときの賄いは上下分け隔てなく、一汁一菜たるべき」

大倹約を発してから八年目を迎えたとき、二十五歳の治憲は一つの賭けに出た。開墾は国のあちこちで起こり始めたが、まだ実りを生むには至らず、藩財政の危機は相変わらずだ。そこで藩財政の中身を公示して、藩士全体に問題意識をもってもらおうと考えたのだ。為政者は「何事も知らしむべからず、よらしむべし」の時代である。それに逆らうような、今で言えば情報の公開だった。

年貢出納帳を公示したうえで、執政竹股当綱に説明させた。

「わが藩は三十万石が半減しても経費は変わらず、家臣の数も多いために借財は今や山と積まれている。こうなっては地の利を得て、農業と養蚕の二つの柱を盛んにし、荒れ地を開墾して国産を豊かにするしかない」

この趣旨は藩士の末端に至るまで届くように徹底させた。

生産性が低く、冬に作物がとれない東北は、いったん飢きんが起きると、大打撃を食う。このため治憲は、豊作の年には凶作に備えて籾を蓄える備籾倉を設置。各村々に「人として世に惜しきは命にて候」との書き出しで始まるお触れで飢きん対策の必要を説いた。また生活の苦しさのあまり赤ん坊を殺す間引きを米沢では「押し返し」と言った。その悪習も厳しく禁じた。

「人を殺せし者は、重き罪科に処す」と藩士なら閉門に罰し、農民は重労働を課す徒罪、かかわった産婆も処罰した。

自らを「民の父母」と自覚し、愛民の精神で臨む治憲の仁政は幅広い。

九十歳以上の長寿者には、今で言えば養老年金にあたる手当を給付し、新生児にも金一両の養育手当を与えた。民の心の機微まで分かるような思いやりのある、温かな施策だった。

改革の志が藩士、藩民に深く浸透してきたことを実感してきた治憲は、借金をしてまでも思い切った事業の拡大に踏み切った。米だけをつくっていては、借金は返せぬから、もっと効率的に金になる商品作物を大々的にやろうと決意した。

新たに樹芸役場を設置。蠟《ろう》の原料となるウルシ百万本、絹をつくるために必要な桑百万本、和紙の原料となるコウゾ百万本の苗の植樹を計画した。三坪に一本の割で、空き地や農家の庭先に限らず、藩士の屋敷、寺社の境内にも細かく植える場所を決めた。特に植樹の主力となる農民が楽しんで植えるようにと植樹には報酬を与えることにした。

さらに縮《ちぢみ》織物の原料となるアオソの栽培を拡大。原料が安く他国に売られていたことから、機織りの技術を確立するために越後から熟練工を招き、藩民に技術を学ばせた。縮織物の製造場を設け、藍《あい》染め物役場も新設。原料と加工、技術の一貫した整備により、今でもその名を残す米沢織の基礎が出来上がったのだった。

治憲と藩士たちの知恵は次々とこれまでの発想を変えていった。利用できる資源は殖産のために活用を考えた。

水田や他には食用のためのコイを生かし、温泉では塩をつくった。家の垣根に食べられるウコギを奨励し、雪の下でも育つ雪菜《ゆきな》を栽培。雪深い冬に家でもできるようにと民芸品の一刀彫りも始めた。

雪という地域にとってマイナスと思える資源を、逆に生かす方向での国づくりであった。このころ始めた産物は、今でも米沢の特産として脈々と引き継がれている。

「してみせて、言って聞かせて、させてみる」

治憲の改革は、自ら手本を示しながら根気強く進められた。そして年がたつほどに生産力は倍増していった。

かつて瀕死のような国であった米沢藩が完全に生き返ったことを示す大事件が、東北を中心に起きた。一七八三年（天明3）の天明の大飢きんである。四月から雨がいつ止むともなく降り続き、東北特有の冷害により稲は穂をつけなかった。畑の粟、ヒエなども全滅し、種さえ取れなかった。

隣藩の仙台藩では、餓死と疫病の死者は三十万人を数え、盛岡藩でも人口の二割の七万人が死ぬという大惨事を招いていた。人肉を食うという地獄絵が東北の村々で繰り広げられていた。

米沢藩ではこれまで蓄えてきた備籾倉が威力を発揮した。治憲自身も食事を藩民と同じ粥《かゆ》にして、江戸藩邸の藩士もまた粥の食事に変えた。富む者も貧しい者も、国を襲った大災難に心を一つにして立ち向かった。余力のある者は困窮者を助け、食を分け合った。国の最大の危機に備籾倉からは一万二千六百俵もの米が供出され、救助米として農民らを救った。藩内の死者は二千人ほどにとどまり、東北では奇跡のような少なさだった。

「東北に米沢あり」

その危機は一躍、米沢藩と治憲の名を全国に知らしめた。

幕府の老中松平定信が備籾倉をまねて備荒貯蓄の令を発したのはそれから七年後のことである。

伝国の辞

産業の基礎が固まり、福祉など藩民への民政が確立すると、治憲は教育に力を入れ始めた。

「国が生きるも死ぬも人だ。これからの米沢藩を支える人材を育てなければ」

兄秋月種茂が高鍋藩で明倫堂をつくったように藩校興譲館を創設する。

再び細井平洲が招かれ、平洲は正座して待つ藩士を前に「句子」を講じた。校風は朱子学を基礎としながらも現実と向き合う実学を重視。平洲は農民にも講話を行い、藩士、藩民に深い感動を与えた。

義父重定には男子がいなかったために治憲が秋月家から養子にきたのであったが、その後、重定には次々と男子が誕生した。改革も軌道に乗り、天明の大飢きんを乗り切った治憲は、重定の二男治広《はるひろ》に家督を譲ることを決意した。

「父も喜ぶことだろう。それに私は隠居して米沢に落ち着き、改革の志を全うすることに全力を注ぎたい」と、治憲は思った。

一七八五年（天明5）二月六日、治憲は隠居を認められ、治広が第十一代藩主となった。このとき治憲はまだ三十五歳の若さであった。

治憲は新しい藩主治広に君主としての心構えともいえる三カ条の「伝国の辞」を授けた。

一、国家は先祖より子孫に伝えるもので、私すべきものではない
一、人民は国家に属したものであり、私すべきものではない
一、国家、人民のためにたてた君主であり、君主のための国家、人民ではない

ここには、早くも民主主義の基本理念である〝主権在民〟がみてとれる。封建的な家父長制の当時にあって極めて画期的な考え方である。そして「公」と「私」を峻厳

上杉鷹山像の横にこの石碑も
（米沢市・松岬公園）

今でも米沢市民に
慕われる上杉鷹山の像
（米沢市・松岬公園）

上杉鷹山が祭られている松岬神社（米沢市）

に区別することを求めている。

南九州の小藩高鍋藩から養子に入り、藩主を務めること十九年。孤立のなかにいた治憲を支え、改革にまず立ち上がってくれたのは下級武士であり、農民たちだった。その体験がこの新しい考え方を生んだのではないだろうか。

一九六一年（昭和36）、アメリカ合衆国の第三十五代大統領に就任したジョン・F・ケネディが、日本人の記者団から「日本で最も尊敬する人物はだれか」と問われたとき、「それは、上杉鷹山である」と即座に返答した。ケネディは理想の政治家像として鷹山を挙げたのだった。

隠居後、雅名である鷹山を名乗ってからも、改革の手を緩めることはなかった。参勤交代の行列の規模を縮小したり、産業では馬産の奨励なども。また医学校も開設している。上杉鷹山が七十二歳でその生涯を閉じたとき、改革前に十一万両あった借金はすべて消え、五千両を軍用金として封印するほどだった。こののち、米沢の人々が上杉鷹山の名を忘れることはなかった。

「為せば成る　為さねば成らぬ何事も　成らぬは人の　為さぬなりけり」

鷹山の愛句は、志に生きて、それを全うした信念を表している。

◇　◇

上杉鷹山は、リストラの神様のような扱いでバブル経済が崩壊したあと脚光を浴びた。だが、ただ合理化や産業奨励の名手というだけだったら、米沢の人々は親しみと誇りをもって今も鷹山の名を口にすることはないだろう。

鷹山の施策にはいつも根底に深い愛情が流れていたからではないだろうか。鷹山が生涯、枕元から離さなかったという、高鍋藩家老三好善太夫が残した「訓言の書」で訓示されていた「いたわり」の思想がそこにはあった。

日本史のなかで上杉鷹山の名はきら星のように光っている。だが、鷹山が行った備籾倉や新生児への手当などは十年ほど前に兄秋月種茂が施策を始めたものが多い。若い鷹山が自信をもって改革に着手できたのも、高鍋藩での成功を知っていたからかもしれない。いや少なくとも発想のヒントにはなったのかもしれない。

鷹山は兄を生涯尊敬し、こんなことを言ったことがあるという。

「兄の才識は余のとうてい及ぶところではない。幸いに世に知られるに至ったのは、上杉の家名と大藩であるに留まるのは恥ずかしい」

兄種茂は七十七歳で他界した。死去後は「清観公」と呼ばれて親しまれ、また「鷹山公」と対の形で「鶴山公《かくざん》」とも言われている。
兄弟とも志高く、民に愛情を注ぎ続けた一生だった。

第二章　明倫堂の教え

日本史をひも解くと、奈良・平安の世は芸術、中世は宗教、そして近世は学問が花開いた時代であった。江戸時代にあって、学問はすなわち儒学をさす。中国の学問で漢学ともいわれた。

いつの世でも人が時代を動かし、国をつくる。人づくりの根幹は学問であり、教育だ。南九州の小藩高鍋藩でも江戸時代中期に名君とのちに呼ばれた秋月種茂が藩校明倫堂を創設。一八七一年（明治4）に廃藩置県を受けて廃校になるまでのほぼ一世紀の間に、多くの逸材が生まれた。

時代の潮流を受けて明倫堂の学風は変遷をしていくが、明治期に志を持った若者たちが高鍋藩から中央に躍り出て活躍するのも、その精神を培養した明倫堂の影響があったからだった。草創期から幕末にいたるまでの明倫堂の歩みをたどる。

「明倫堂址」の石碑
（高鍋農業高校）

闇斎学派

高鍋藩秋月家は、もともと中国大陸の漢王朝の末えいが帰化して漢文化を日本に伝えたといわれるだけに、歴代藩主は好学の士が多かった。しかし、二代目藩主の種春のとき、藩内は「上方下方騒動」と呼ぶ内紛で五百数十人が殺りくや逃走により、藩から失われた。その人材の喪失は、深刻な人材不足を藩にもたらした。

「人材なくしては、国滅びる」

と、ようやく文教の機運が高まってきたのは四代目種政のころからだった。

種政は、福島（串間）の藩士山内仙介を召して儒学の論語など四書五経を学ぶ経学を講義させた。高鍋藩での学問のはじまりであった。

種政は参勤交代の途中、京都で内藤九衛門の教えを聴いた。九衛門は京都の豪商で、高鍋藩の用達をしていたが、山崎闇斎《やまざきあんさい》派の学に通じていた。

五代目種弘は、九衛門を高鍋藩に呼び寄せてその教えを受け、藩士にも傍聴させた。九衛門は医師森心安の子有全を養子とし、内藤有全は京都に遊学。山崎闇斎の三高弟の一人三宅尚斎に学んだ。修業を終えた有全は高鍋藩に帰り、藩士の子弟に教え始めた。ここに高鍋藩の学問は、闇斎学派による朱子学が骨格となった。

闇斎学派の学問への姿勢は、峻烈で厳格。のちに「高鍋で学問を語るな」と他藩に語られ、いまでも高鍋が文教の町として知られる精神的風土の基礎を築いたといえる。

江戸時代初期、近世儒学の始祖といえば、藤原惺窩《ふじわらせいか》と林羅山《はやしらざん》である。二人の儒学が中世と異なったのは、解釈に専念するだけではなく、儒学の専門家として社会に立ち、その理想を実際に実現しようとしたことだった。徳川家は林家の朱子学を官学とし、昌平坂学問所を設けた。だが、年を経るにしたがって林家は立場に甘んじて学問を深めることをせず、批判が高まった。地方では朱子学の実践にもっと真剣に取り組もうとする動きが活発になった。

その一人が山崎闇斎だった。

闇斎は貧しい鍼医《はりい》の子として一六一八年（元和４）に京都で生まれた。八歳で論語、大学など四書を暗記して人を驚かせる。母は厳格だった。少年のころ、好き放題に遊んで飲食をしていたら、母の鋭い声が飛んだ。

「鷹は飢えても穂をついばまない。士大夫の子は志を高尚にしなければならない」

闇斎は禅僧となり、十九歳で土佐の寺に住んだ。後継者となるためだったが、そこで朱子学者野中兼山《のなかけんざん》ら儒学者の群れと出会った。その影響を受け、仏教を捨てて儒学に傾倒した。仏教を排撃し、林家の朱子学を「俗儒」と呼んだ。

激しい気性の闇斎らしさは、講義にもあらわれた。講義のときはつねに杖を手にして講義の席を打ち、鐘のように声は大きく響き、聴講する者は恐れて師を見上げることもできなかったという。剛毅な気性とその気迫のもと、全国で六千人もの門下生が教えを受けた。弟子の一人はこう言っている。

「われわれは時に女のことを考えて、情欲の感情が動くことがある。だが、目をつむって先生を思い出せば、欲念はたちまち消え去って、寒気がする」

三高弟の一人、佐藤直方《さとうなおかた》もこう言った。

「むかし、先生の家に行って、戸を入るたびに心が動いて牢獄に入るようだった。講義が終わって戸口を出ると、虎口を脱する気がして、ため息が出た」

自己の信ずるところにまっすぐに生きた闇斎を「清水のような人」と評する人もいた。その学問の姿勢は峻厳を極めた。

疲労でもうろうとし、正座して本を読むのも耐えがたいときでも、柱に頭を縛りつけて学問に精を出した。

狂気にも似た闇斎の学ぶ姿を見兼ねた知人が休養をすすめたところ、闇斎はこう反論した。

「死生は運命のしからしめるところ。学業を廃するならば、たとえ長寿を保っても何の益にもならない」

「学問の要は実行にあり」と知識と行動の一致を厳しく求めた。「知行一致」の精神である。単に文字面だけの知識の習得ではなく、学ぶ者の骨となり、肉となる学問だ。人倫、つまりは人の生きる道を明らかにすることが闇斎の学問の究極の目的だったが、朱子学の教えのなかでも特に「敬」を重んじ、それを実践することを強く求めた。君臣の間の忠義にも厳しかった。それらは、朱子学の他派にはない特徴だった。

さらに晩年の闇斎は、神道にも傾倒して垂加神道をとなえ、神儒一体を説いた。同時に日本の民族主義を主張して、国民的自覚、「国体」の自覚を強く持つようになった。封建制の当時にあって、際立った特色といえる。

闇斎はあるとき、弟子たちにこう尋ねた。

「もし、いま中国から孔子を大将とし、孟子を副将として数万騎をもって攻めてきたら、われわれ孔孟の道を学ぶ者はどうすべきか」

弟子たちは答えられずに沈黙した。闇斎はこう言った。

「そのときには身に鎧《よろい》、兜《かぶと》をつけて、武器をとって一戦交え、孔孟をとりこにして国の恩に報ずるのが、すなわち孔孟の道である」

「国体」を意識した闇斎の教えは、土佐では土佐勤皇活動の精神的原動力となり、また水戸学に影響して幕末の尊皇攘夷の思想につながる。高鍋藩が維新勢力の一翼として幕末に活躍したのも、闇斎学の浸透で、「藩」という枠を超えた「日本」という世界が見えていたからだろう。

秋月種茂が藩校明倫堂を創設したころ、多くの藩でも藩校をつくっている。農業を中心とした封建経済が崩れ始め、封建体制そのものにもじわじわとひびが入り始めていたからだ。各藩とも藩政を立て直す目玉事業として人材育成のための藩校に力を入れたのだった。

藩校で最も早かったのは、一六二〇年代の名古屋藩の明倫堂で、最終的には全国に二百七十八校を数えた。このうち闇斎学を藩学にとり入れたのは、全国で五十藩ほど。特に熱心だったのは、高鍋のほか新発田(新潟)、高知、会津、仙台などだった。闇斎学派は、志を高く持つ門弟が多く出たといわれている。

建学の精神

さわやかな春風が舞鶴城の大クスの葉を揺らしていた。

一七七八年（安永7）二月二十四日、高鍋藩主秋月種茂は心を弾ませながら藩校明倫堂の開校式に向かった。

明倫堂の講堂の正面には種茂自身がかいた「明倫堂」の板額が、墨の色も鮮明にかかっている。礼装のかみしもを着た藩士、子弟たちも喜びに顔を紅潮させていた。

五つ時、いまの午前八時、合図とともに講義が始まった。最初に小学校の「行習斎《ぎょしゅうさい》」で千手八太郎が「小学序」を講じた。午前十時過ぎには大学校の「著察斎《ちょさつさい》」で財津十郎兵衛らの講師が「大学序」を読み上げた。

千手八太郎、財津十郎兵衛とも書を読み上げながらうれしさが込み上げてきてしようがない。十郎兵衛が内藤進とともに藩主種茂に学校建設を進言したのが三年前。だが、相次ぐ台風の被害などで見合わせていたが、昨年は八太郎が「人材教育の儀は、御家中風俗の盛衰、国家の治乱にかかわる重大事」と学校建設を訴えた。そういった熱意が実ったのだ。講義のあと、家臣はお城へ上がり、学校建立の祝いの席が設けられた。雑煮、吸い物と酒が振る舞われた。高鍋藩にとっていわば精神の骨格となる組織が築かれたのである。千手八太郎、財津十郎兵衛とも心地よく美酒に酔った。

「古米政治は教育を先とする。教育の目標は人倫を明らかにすることにあり、政治の根本は風俗をただし賢才を得るにある」

高らかに建学の精神を掲げた種茂による「明倫堂記」。その末尾に「この堂に学ぶ者、これを敬み、これを勉めよ。怠るなかれ、荒むことなかれ」と種茂は熱い思いを託している。

種茂は学が成り立ったあとの王道楽土を夢見ていた。藩士、藩民に教育がゆき届けば、「日々、善は広がり、家の扉を閉ざすこともなく、道に落ちた物を拾う者もいない」という理想社会である。講師は山崎闇斎学派のそうそうたる学者たちが並んだ。明倫堂は八歳から学ぶ小学校の行習斎と十五歳からの大学校の著察斎に分かれた。小学校では素読、書道、算術、しつけなどを習練し、武芸のけいこを始めた。午前六時には自宅近くの講師宅に出向き、論語、孟子などを朗読する「朝読み」が義務づけられた。一字一句を心を込めて読むのである。それが終わって自宅に戻って朝食をとってからは、同八時には登校。午後三時ごろに退校した。

秋月種茂の「明倫堂記」が刻まれた石碑（高鍋高校前庭）

武芸は開校時、越後流の兵学のほか弓術、馬術、砲術など。槍は種田流、剣術は大石神影流が中心で、足軽は示現流を学ぶ者が多かった。

試験に合格したあと高等教育の大学校へ。ここではいまの大学と同じように希望する学科を選択できた。毎月六回講義を聴き、三十歳が卒業だった。世襲の家業がある者は、二十五歳で明倫堂を除籍することができた。

実に八歳から三十歳までの一貫した教育であった。人生五十年といわれた当時であるから、その半生は文武を学び、自己を鍛えることを求められたのである。

試験は素読、書道、暗記の三つ。教職員も受験生もかみしもをつけた。くじを引いて課題図書のページを三カ所決め、そのページを大きな声で解釈する。誤りがあっても三つまで合格、四つ以上あると落弟だった。

試験の成績が優秀な者には、賞金が与えられた。十二歳以下では失点十字以内で白銀五両、同十一字で四両というふうに。明倫堂を卒業して、のちに大審院長になる三好退蔵は、十二歳のときに無失点で白銀五両を受けている。

生徒数は、小学校が多いときで三百人、大学校が百人ほどだった。藩士以外の農民ら庶民の子弟も学ぶことができた。

成績の優秀者に対しては江戸、京坂への遊学制度もあり、藩費を支給した。自費遊学、他藩への武者修行の者へも藩が補助している。藩校が創設されたころは二年一期で二人だった藩命による遊学者は、幕末になると皇学、漢学のほか医学や算学などと学ぶ対象も増え、年十九人に増えている。

ちなみにこのころの日向各藩の藩校は、延岡（内藤家）が「広業館」、佐土原（島津家）は「学習館」、飫肥（伊東家）は「振徳堂」、都城（島津家）は「明道館」である。

延岡は算術を尊重したことに特徴があり、わが国の算数界に大きな足跡を残している。佐土原は、高鍋と同じく闇斎学派を重視し、幕末は尊皇攘夷の急先鋒としての役割を果たすことになる。飫肥は、安井滄洲、息軒の親子を師に招き、明治の外交官小村寿太郎を生む。都城は文武とも盛んであり、宗藩鹿児島藩とともに明治維新の主勢力となる。

それぞれの藩校では多くの若者が、あすを夢見て文武に励んでいた。

高鍋藩校明倫堂は、庶民の子弟にも門戸を広げ、実際に農民や漁師の才能ある子供が入学している。だが、基本的には武士の子弟の学校であった。武士という階級にとって必要な知識と武術、精神を鍛え上げるところだった。

太平の世とはいえ、武士の本質は武人であり、戦士である。しかも朱子学は特に礼と秩序を重んじる。そしていつでも戦いに臨み、忠義と正義のためには死をもいとわない心の強さが求められた。

「花は桜木、人は武士」

為政者としての武士の誇りを示す言葉だが、それに見合う高貴な精神と振るまいがなくてはならない。明倫堂の規則も峻烈なほどの厳しさで子弟を迎えた。

建学の進言をした千手八太郎は、いまの校則にあたる「明倫堂学規」をつくった。厳格な規律に貫かれている。その一部は次のようだった。


〈入学必ず制あり〉

明倫堂に学ぼうとする者は、まず父兄の許しを受け、礼服をつけ師範の家に行き入学を請う。初めて入る者は礼服を着る。

〈朝夕の礼を謹む〉

朝はあいさつして明倫堂に入り、師長を拝して業を受ける。授業が終わると師長の許しを受けて帰宅し、父兄にあいさつする。登校には礼服を着ける。

〈居処必ず恭しく〉

座席は年齢順に定まった席に着く。姿勢を正しくし、足を投げ出したり、もたれたり、あぐらを組んではならない。寝るときは年上の者より床につき、床についてはものを言ってはならない。昼寝をしてはならない。

〈歩履必ず正しく〉

歩行は落ち着いてゆるやかにし、長者の後から行き、しきいを踏んではならない。

〈言語必ず謹む〉

詳しく述べ、肯定否定を確かにし、声色を慎む。軽率であってはならない。嘘を言ってはならない。戯れを言ったり、騒がしくしてはならない。人の批評をしたり駄弁を弄してはならない。

〈飲食必ず節す〉

飽くことを求め、味をむさぼってはならない。決まったときに食べ、間食や買い食いをしてはならない。佳節や特別なとき以外は酒を飲むべきではない。飲んでも三、五杯。七杯を超してはならない。大杯を用いたり、酩酊してはならない。

〈相呼ぶに必ず齢をもってす〉

二倍以上年長者は父に準じて呼び、十歳長ずる者は兄に準じ、同年たりとも「おれ」「お前」と呼んではならない。

〈幼者を待つに慈をもってし、長者に事うるに悌をもってす〉

友に対しては敬を主とせよ。幼い者を慈しみ、長者を尊重せよ。

千手八太郎は、「明倫堂学規」でさらにこう強調している。

「過ちを正す場合は互いに隠したり、忍んだりしてはいけない。高きに上るには低きより上がり、遠きに行くには近きより進むのが教えの順序である。この学規は威儀容貌の小節のみを述べているが、小を尽くさねば大に進まない」

学規は服装から歩き方、読書の仕方まで詳しく定めている。こうやってみると、いまの日本の学校の校則などの原形はここにあるような気もする。だが当時、ここに求めたのは武士としての「克己」のための鍛練でもある。午前六時には礼服を着て、師の家に行き、「朝読み」をし、授業の間は正座を崩してはならない。

過酷なまでの試練を積ませたのは、藩校での鍛練がそのまま軍隊の教練であり、武士社会の〝社員教育〟のようなものでもあったからだろう。

高鍋論語

明倫堂開校から三年目の一七八一年（天明元）の八朔（八月一日）。舞鶴城の大広間にはかみしもを着けた藩士全員が緊張の表情で並んだ。

「これより、法令十一カ条を読み上げる」

藩主種茂が見守るなか、大目付の藩士が朗々とした声で読み上げた。のちに「高鍋藩士規」、あるいは俗に「高鍋論語」と呼ばれる道徳規則である。藩士全員とその奉公人までの精神と行動を規制する新しい法律だった。その一部は次のようだった。

一、文武忠孝を励み、礼儀廉恥をただし、自己の行跡相慎み、夫婦兄弟むつまじく、家内をとり治め、老人を敬うべし。もし、不忠不孝の者あれば、重罪である。
一、益友を求め広く交わり、義理の講究肝要であること。
一、親類貴賤《きせん》にかかわらず手厚く相交わり、寄り合いの村中、何事も申し合わせてむつまじく交わるべし。病気や火災のときは、力の及ぶだけ相互に助け合い、下に仕える者にいたるまで憐憫《れんびん》を加えるべきこと。
一、士の節義を相たしなみ、すべて卑劣の儀これなきこと。風俗を乱すべからざること。
一、よろず倹約をすること。
一、すべて子供の教育をおろそかにすべからず。御用の役に立つように文武の道、修行させるべきこと。
一、文学の儀は人道の当然につき、貴賤ともに学校に入学し、定めの通り怠りなく出席すべし。

一、武芸、弓馬、剣槍、柔術、砲術、長刀、どれも肝要につき、性質にしたがい鍛練すべきこと。

藩士に忠孝を求めるとともに、子弟の教育には貧富にかかわらず大変な力を入れている。また弱者へのいたわりの心得も目を引く。

また、ここで触れられている、探求すべき「義理」というのは「正義の道理」という意味だ。

朱子学は、自分の道徳を修めることで家、国が治まり、世の平和がもたらされる、という「修身斉家治国平天下」（大学）の世界観である。

道徳のなかで特に闇斎学派が重視したのは、「義」と「仁」であった。孟子は言った。

「仁は人の心なり、義は人の道なり」

「義」は、武士道のなかで最も厳格な教えであった。武士にとって卑劣な行動、曲がった振る舞いほど忌み嫌われたものはなかった。

孔子は「論語」で「義をみてせざるは勇なきなり」と説いた。義とは正義であり、正義のために命を捨てるのは、武士として本望であると考えた。江戸時代の学者林子平は、「義」を決断力とみた。「道理にまかせて決心して、猶予せざる心をいうなり。死すべき場合に死し、討つべき場合に討つこととなり」と。

「義」は確固とした信念の強さをさすともとれる。強靭《きょうじん》な精神力は、心の広さ、柔軟さにもつながる。それは、弱者や困っている者に優しく手を差し伸べる「仁」の一つの側面にも連絡する。

朱子は「仁」を「愛の理、人の徳」と説く。強い者ほど柔和であり、愛のある者ほど勇敢であるというのは、古今東西を問わず真実であろう。それがすなわち「仁」である。孟子は言っている。

「仁の不仁に勝つは水が火に勝つがごとし」

「仁」はその字が示すように、二人の人間の間で守らねばならない規約だ。それは親子かも君臣かも赤の他人かもしれない。最も小さな社会関係である二人の間の倫理が「仁」。相手の立場に立ち、相手を思いやり、尊敬し、慈しむ気持ち。それが「仁」だ。

為政者の武士にとっては、「仁」はより広くとらえられた。それは藩の庶民すべてをいたわり、すべての人が幸せに生きるための政治を行うことである。「仁」は「おのれの欲せざるところを人に施すことなかれ」との「恕」の精神につながる。

孔子は「大学」で為政者にこう説いている。

「民の好むところこれを好み、民の悪《にく》むところこれを悪む。これを民の父母という」

兄弟で名君と言われた高鍋藩主秋月種茂と米沢藩主上杉鷹山は、まさにこの「仁」を政治に生かしたのだ。また孔子はこうも言っている。

「仁遠からんや、われ仁を欲すれば、ここに仁いたる」

仁は遠いところにあるのではなく、自分が仁を行おうと思えば、すぐ手の届くところにある――との意味という。


藩主秋月種茂は、「高鍋藩士規」の読み渡しを行った翌年、庶民教育の規範となる「郷閭《きょうろ》学規」を書いて藩民に示した。「郷閭」は村里を意味する。庶民にも分かりやすいようにとひらがなで書かれている。その序文の一部を記そう。

「天地万物を生ずるに人より貴きはなし。その貴きわけあり。天地のあいだにきっとやくにたつものなり。人としてその職分をせざれば万物の内にて貴きとはいわれぬゆえに、人は貴賤となく君臣父子夫婦長幼朋友とて五倫のみちあり、この道理をしらずしてつとめざれば、人面獣心とておもては人にして心は獣鳥にひとし」

このあと十一カ条にわたって、職分を全うすることの大切さや敬老精神の徹底、困ったときは互いに助け合い、いたわり合うことを記している。

鎖国であった江戸時代の二百数十年にわたり、朱子学を基礎として築かれた道徳観念。それは武士道を骨髄としながら、現代日本にもつながる道徳の土台になっている。

だが、いまでは、学校ではいじめがはびこり、高齢化社会のなかで老人の自殺も後を絶たない。幼い子が無惨に殺される事件も続く。弱い者を多数でいじめる卑劣さを恥とも思わず、老人や幼子をいたわり、慈しむ気持ちもどこかに置き忘れてしまった感もある。

「義」も「仁」も死語に近い。

黒船

永遠に続くかと思われた太平の世は、外海から打ち崩された。「黒船」である。

北からはロシアが南下し、東、西の海からはアメリカ、イギリスの捕鯨船がひんぱんに日本の近海に姿を見せるようになり、船員を上陸させては水、食料を求めた。牛を撃ち殺して持ち去る者もおり、各藩でまさつを生ずるようになっていた。

厳しく鎖国令を敷いていた幕府は一八二五年（文政8）、「どこの海岸でも外国船が接近するのを見かけたら、その場にいる人数で有無を言わさず打ち払ってもよい。もし、強いて上陸するならば、捕虜にするか打ち殺してもかまわない」という「異国船打ち払い令」の法令を出した。

高鍋藩領は、北は美々津から南は福島（串間）まで長い海岸線を持つ。江戸時代初期の十七世紀初めには中国船の漂着が相次ぎ、中国人の死者を塩漬けにして江戸の幕府まで届けたりしている。そのころは、キリシタンの取り締まりのために見晴らしのよい海岸に異国船見張り番を海岸に設けていたのである。

その福島から一八四九年（嘉永2）四月四日、急飛脚が舞鶴城の本丸に走った。「異様な形をした船が現れた」というのである。

本城下千野の漁師甚太郎が三月二十九日、カツオ釣りに都井岬周辺に出漁したときだった。巨大な帆柱三本のうち一本は倒してあったが、帆の数は十三枚もあった。甚太郎にとって見たこともない巨大船だった。

不気味に思った甚太郎は急いで櫓《ろ》をこいで逃げようとしたが、すさまじい速さで怪船は追い掛けてきた。甚太郎の小さな漁船に近づくと、船から五、六十人の男が現れた。羅紗のような服を着て、三人に一人は眼鏡をかけていた。二人は日本語を話した。

「サバやカツオはないか」

「この近くに石火矢（大砲）はあるのか」

「船は着けられるのか。ここから土佐に行きたいが、どうやって行けばよいのか」

「字引は持たぬか。持っているものは何でも欲しい。交換でもよいし、銀銭で買い取ってもよい」

異国人は矢継ぎばやに質問を甚太郎に浴びせた。

急飛脚はそのやりとりの報告であった。

アメリカ艦隊のペリーが四隻の黒船で浦賀に来たのは、その四年後のことである。鎖国の終焉《しゅうえん》を告げ、幕藩体制を根底から揺るがす海からの使者だった。

「泰平の眠りを覚ますじょうきせん（蒸気船）たった四はいで夜も眠れず」

そんな狂歌が江戸で流行った。

その二年後の一八五五年（安政２）には、高鍋藩の都農の心見海岸に黒船が漂着した。帆柱の長さは六十メートルもある。都農の住民も舞鶴城の藩士たちも大騒ぎとなった。

その年の三月には、「海岸防禦のための大砲をつくるため、諸国の寺院の鐘を提出せよ」との幕府の命令も下ってきた。

にわかに風雲は急を告げていた。

「これはただごとではないぞ」

高鍋藩の藩士たちにもかつて体験したことのない緊張感が生まれ始めていた。高鍋藩では翌年、坂田稲太郎が当時幕府長崎詰めの勝海舟のもとへ、砲術修業へと出掛けた。黒水鷲郎（のちの長慥）と武藤東四郎は蚊口浜で西洋流の発砲の練習に懸命だったが、旧式の火縄銃ではなく、「最新のヤーゲル銃がないと役に立たない」と思うようになっていた。

そこで七両二分を藩金から借り入れてヤーゲル銃を共同購入し、十年返済で返すことにした。

そんな時代である。設立から約八十年たっていた高鍋藩校明倫堂も、これまでの朱子学一辺倒の学風の根本からの見直しをいや応なく迫られることになった。そこで当時名声の高かった古賀侗庵《とうあん》とその子、古賀謹一郎の古賀一門に学ぶ者が増えた。

古賀侗庵は、佐賀出身で、漢学、蘭学に通じて視野広く、古賀謹一郎も儒学者でありながら洋学者でともに進歩的な考え方をしていた。

明倫堂の学科も朱子学ばかりではなく、国学、医学、洋学、近代兵学が取り入れられ、子弟の学習の重点もより実用的なそれらの新しい学問に移ってきた。

時代は混迷を深めている。外国という全く知らない世界が目の前に迫っていたし、揺るぎないと思っていた幕府の支配も砂上の楼閣のように不安げに思えてきた。だが、そんな時代だからこそ、教育の大切さが高鍋藩内では強く言われるようになった。

明倫堂の教育をもっと徹底させるため、寄宿寮の設立と明倫堂校舎の改築が叫ばれるようになった。一八五三年（嘉永6）、寄宿寮「切偲楼《せっしろう》」は設立された。

最初の藩費による寄宿生は、内野虎太郎、甲斐虎次郎、日高誠実の三人だった。しかし志願者が急増したので、入寮定員を五十人とし、家禄百石以上の子弟は自費、百石未満は半額藩補助、五十石未満は全額藩費と定めた。寮生活はまる一年であり、病気、看病、忌引のほかは自宅に帰ることはできなかった。

寮生は昼間は大学校の「著察斎」に出席して学び、毎日儒学の経書三枚以上、歴史書、詩文などは二十枚以上の熟読を義務づけられた。夜の学習は春夏は十時まで、秋冬は十二時までで、それ以前に休むときは寮長の許可を得なければならない。

毎月六回の読書会、毎月十五日の文会、毎月二十八日の詩会の出席も義務づけられた。出席できなかった者は、詩文の提出をしなくてはならなかった。酒は一切禁止された。これらが寮法の一部である。

寮生は昼は明倫堂の「著察斎」で、夜は「切偲楼」で鍛えられた。学友と会読し、詩会、文会で議論を闘わせる。まさに切磋琢磨の日々だ。学力の進歩は著しく、この寮から多くの逸材が激動の時代へと飛び出していくのである。

寮は早く建てられたが、生徒の増加を受けての校舎の新築はかなり遅れて、一八七〇年（明治3）である。旧明倫堂の北側に大手通りを隔てて、上江の島田に南北に新校舎は建てられた。しかし、翌年には廃藩置県があり、藩校は廃止される。

尊皇攘夷

鎖国の日本が外界の動きに対して耳を閉ざしている間、世界は、特に欧米は地殻変動のような激変をみせていた。アメリカが独立（一七八三年）し、フランスでは大革命（一七八九年）により王制が打倒された。イギリスではその後の世界の歴史を大きく動かす産業革命が進み、蒸気機関による製鉄などの工業が進展。蒸気船が世界の海をわがもの顔で走るようになった。

世界は狭くなった。欧米列強は侵略の対象をアジアへと向けた。特に産業革命で力をつけたイギリスは、インドを武力と商品とで植民地にしたあと、中国に目をつけた。まず清朝政府が薬として許可していたアヘンをイギリスは売り込み始めた。アヘンを売ることで大量の中国の銀がイギリスに流入した。しかも麻薬のアヘンは、中国の民衆を堕落させ苦しめた。そこで清朝はアヘンの輸入を禁止し、林則徐《りんそくじょ》はイギリス商人のアヘン二万箱を焼き捨ててしまった。

イギリスはそれを口実に一八四〇年、軍艦十七隻、御用船二十七隻、四千人の軍隊で編成する大遠征隊を出兵させ、中国沿岸を占領。一八四二年、屈服した清朝は南京条約で香港をとられてしまった。

そしてその欧米列強の圧力の波は、日本にもじりじりと押し寄せる気配をみせていた。高鍋藩は、南九州の小さな藩ではあるが、そういった世界の動きに決して無頓着ではなかった。情報を長崎など九州各地で集めたものと推測されるが、アヘン戦争の様子や記録を克明にかいた『夷匪犯境聞見録《いひはんきょうぶんけんろく》』六巻を一八五七年（安政4）、明倫堂で出版しているからである。

海に面した高鍋藩にとって、欧米の侵略はもはや対岸の火事ではなかった。藩校明倫堂は、藩の知性が集積した組織であっただけに、子弟の教育だけではなく情報の収集や分析、藩主、家老などの上層部への報告などもしていたのではないだろうか。『夷匪犯境聞見録』には、イギリス蒸気船の絵まで書かれており、当時の関心の高さを示している。現代では大変貴重な史料だ。

明倫堂が幕末に出版した
『夷匪犯境聞見録』
（高鍋町立図書館）

ちなみに、この明倫堂出版の『夷匪犯境聞見録』を、のちに中国を社会主義国に革命する指導者毛沢東《もうたくとう》が日本から輸入し、帝国主義打倒の資料としたのだという。この本を刊行して、中国国内に普及させたと、『高鍋藩史話』は説明している。

このアヘン戦争でみせた欧米列強の軍事力のすごさは、幕府を震撼《しんかん》させた。「異国船打ち払い令」でむやみに異国船を攻撃すれば、それを口実に日本は侵略されるだろう。押し寄せる欧米列強の圧力に抗しきれずに幕府は日米の間に一八五八年（安政5）、日米修好通商条約を結んだ。決断したのは、大老井伊直弼。

この条約は、日本人に対して罪を犯したアメリカ人はアメリカ領事裁判所で裁判、処罰されるという領事裁判権が認められるなど国際法に無知な幕府を手玉にとった不平等条約だった。同様な条約はこのあとオランダ、ロシア、イギリス、フランスとも締結された。

大老井伊は、国内の反対派を厳しく弾圧し、「安政の大獄」と呼ばれた。

その大老井伊が一八六〇年（万延元）三月三日の雪の降る桜田門外で、水戸の藩士と薩摩の浪士ら十七人に暗殺された。世にいう「桜田門外の変」である。攘夷を叫ぶ声はやがて尊皇の声と重なり、尊皇攘夷の志士たちが活発な動きをみせていた。

この暗殺事件のあと幕府の権威は急速に失墜する。参勤交代も隔年から三年に一度に緩められ、高鍋藩第十代藩主秋月種殷《たねとみ》はいち早く夫人を江戸から高鍋へ連れ帰った。

吹き荒れる攘夷の嵐のなか、薩摩藩島津久光の一行は横浜近郊の生麦で騎馬のイギリス人四人に遭遇、従士がこれを無礼打ちにした。この事件は攘夷に弾みをつけ、一八六三年（文久3）には、長州が下関海峡で欧米の船を砲撃、さらに薩摩も英国艦隊と鹿児島湾で交戦した。鹿児島の市街地の一部も焼かれ、分家の佐土原藩の仲介で和平を結んだ。このあと、薩摩は英国と親密になり、軍事支援を受けるようになる。

長い海岸線がある高鍋藩でも異国の侵略に備えて軍備を整える必要があった。細島、美々津、福島に砲台を築造する一方、高鍋城下の谷坂に銃砲鋳造所を設け、小銃、大砲の製造をしては武器庫に収めている。軍用の米五千六百俵を備蓄した。

明倫堂での兵学もこれまでの越後流と長沼流を一新して、西洋流に転じた。明倫堂の秀才といわれた三好退蔵は、藩命で薩摩に派遣されたおり、薩摩の軍隊の装備と集団化された近代的な練兵に驚き、高鍋藩の軍隊の改革を痛感した。

三好退蔵は、そこで藩命と称してイギリス式軍隊指導のための指導者派遣を独断で薩摩藩に要請。薩摩藩士徳田彦二を伴って高鍋に帰国した。三好退蔵におとがめはなかった。戦国時代から続いていた槍、弓隊を全廃して銃隊にし、急いで近代的な装備と軍の編成が進められたのである。武士ではなくとも刀を帯びている者や猟銃を持つ庶民も隊に編入させた。長州で高杉晋作がつくって威力をみせつけた「奇兵隊」に近い。藩兵の訓練も熱を帯びてきた。

尊皇攘夷の動きはやがて倒幕へと大きく、しかも急速に傾斜した。

尊皇かそれとも幕府を擁護する佐幕か――。各藩とも決断を迫られた。高鍋藩秋月家は、古くから九州では肥後の菊池家とともに皇室方の双へきと言われた家柄だ。しかも明倫堂の闇斎学の教えで、藩士にも尊皇の意識は強く根づいていた。高鍋藩の藩論は、自然と尊皇に傾いていた。

薩摩が英国艦隊と交戦した一八六三（文久3年）一月、最後の藩主となる秋月種殷は参勤交代の帰路、京都に立ち寄り、孝明天皇に拝謁した。同二十五日、勅書《ちょくしょ》をいただいた。

「皇国のため自国海岸の防衛を厳しく勤めよ」との趣旨だった。

種殿はその勅命を家臣一統に告げた。ここに高鍋藩は、幕府に忠誠を尽くすのではなく、天皇家に忠誠をささげる尊皇攘夷の道を選んだのである。

王政復古と版籍奉還

一八六七年（慶応3）、幕府は長州征伐に失敗し、その統治能力は完全に失墜してしまった。その前年には土佐の坂本竜馬らの活躍で薩長同盟が成立。一方、戦火のなかで米価は上がり、世直し一揆が全国に広まった。大坂では一万人の貧民が立ち上がり、米屋、庄屋を打ちこわした。「ええじゃないか」と歌いながら踊り狂う人々の群れが、ちまたにあふれた。

幕府の支配は根底から揺るぎ、巨大な音を立てて一つの体制が滅びゆくようであった。そしてその年の十月、幕府は朝廷に大政奉還を申し出た。幕府としては諸藩による列藩会議で日本の政治を進めようと考えた妥協策だった。

だが、一方で薩摩は陰で武力による倒幕の画策を朝廷に働きかけていた。倒幕の密勅はひそかに出され、大政奉還から二カ月後の十二月九日、岩倉具視《ともみ》がたずさえてきた密勅が年若い明治天皇の前で発表された。

「王政復古の大号令」である。

古い体制が音を立てて崩れていく激動の渦のなか、江戸、京都から遠く離れた高鍋藩では、「先が見えないからこそ、より深く、より多く学ぼう」と若者たちの向学心は燃え上がっていた。

明倫堂への入学希望者が急増し、校舎が建て替えられた。藩兵に編入した庶民の素質の向上と農民らの子弟の教育に力を注ごうと郷学校が高鍋藩内に広く設けられた。郷学校は、椎木、美々津、都農、平田（川南）、小池（同）、福島の六つがまずでき、続いて三納代（新富）、日置、諸県三名（国富）が追加された。明倫堂の教授たちが中心になって、漢学や皇学などを教えた。

「何かが大きく変わろうとしている」

そんな予感のなか、真っ黒に日焼けした農民の子らは懸命に学んだのだった。

王政復古の大号令のあと、薩摩、長州を中心とする倒幕軍は旗を上げる。尊皇の高鍋藩も戊辰の役に出兵。版籍奉還をへて一八七一年（明治4）、廃藩置県により高鍋藩は廃止される。その翌年、高鍋藩とともに激動の時代を歩いた明倫堂も廃校になった。九十五年の歴史であった。

わずか二万七千石という南九州の小藩ではあるが、高鍋藩からは明治の世になるとともにきら星のように逸材が中央に躍り出る。三好退蔵は大審院長（いまの最高裁長官）、坂田莠は下局（国の立法機関）議長、滋賀県知事などを務めた鈴木定直ら。オーストリア大使で読売新聞社長になった秋月左都夫、住友総理事の鈴木馬左也、宮崎農工銀行頭取の堤長発、「孤児の父」といわれた児童福祉の先駆者石井十次。さらに時代を下れば、最後の連合艦隊司令長官となる小沢治三郎も明倫堂教育の影響を受けた末えいであるといえる。

高鍋藩が、いやいまの宮崎県が鹿児島県に編入されていた一八七七年（明治10）、西南戦争が勃発する。高鍋藩の多くの青年が薩摩の西郷軍に加わり、高鍋の城下も戦火に巻き込まれた。文化施設が焼け、人々の心は荒廃した。

そんななかで「明倫堂の灯を消すな」と教育に立ち上がったのは、漢学者田村義勝であった。田村義勝は弟三好退蔵の旧宅を借り、私塾「晩翠学舎《ばんすい》」を設立する。

「時代を切り開くのは若者たちだ」

かつて明倫堂を創設した秋月種茂と同じ思いだったのだろう。翌年には高鍋学校が創設され、高鍋に文教の灯が再びともり始める。

幕末から維新、そして短期間での近代化――。先を読めない混迷のなかで、日本の国づくりの原動力となったのは、明倫堂のように全国津々浦々で行われていた教育の力ではなかったか。

志をもって向学心に燃えた若者たちの「知」の力と情熱。それがあの変革の時代を乗り切る大きなエネルギーになったのだと思う。

第三章　幕末と維新

三計塾

秋月種茂、上杉鷹山と同じ鼻をしていた。鼻梁は高く、筋は通っている。どこか品の良い哲学者の風でもあり、飄々《ひょうひょう》とした風情も漂わせる。

その男、秋月種樹《たねたつ》。

種茂の孫種任《たねただ》の二男で、長男種殷《たねとみ》は最後の高鍋藩主となる第十代藩主だった。

種樹は一八三三年（天保4）、江戸麻布の高鍋藩邸に側室の子として生まれた。藩主の男子とはいえ、側室の子だから家督を継ぐ必要もなく、幼名を政太郎といった。十五歳の元服後は種樹という名になっていたが、三十歳になってもまだ人は政太郎と呼び、自分もそう名乗っていた。その方が気楽だったのだろう。

「また政太郎殿は出ていかれた」

書物をもってふらりと江戸屋敷を出ていく種樹を見ながら、藩士のなかにはややあきれ顔でささやく者もいた。この種樹、類のないほどの学問好きで、屋敷に居着く暇もなく、「良い師がいる」と聞けば、講義を聞きに出歩き、気楽に好きな学問に日を費やしていた。

そのころ、世は騒然としていた。ペリーが黒船のアメリカ艦隊を率いて日本にやってきてからは攘夷運動が燃え広がり、種樹が数えで三十歳を迎える一八六二年（文久2）は京都では尊皇攘夷の志士たちが殺される寺田屋の変が起き、薩摩藩士が外国人を斬る生麦事件もあり、きな臭さが日本を覆おうとしていた。

生麦事件の直後には、幕府総裁であった越前藩主松平春嶽から高鍋藩の国もとに「日向の海岸にも黒船が押し掛けるかも知れぬから用心するように」との通達があり、高鍋藩では細島に砲台を設け、一戦も覚悟していた。そんな時代だが…。

「いったい何をバタバタと騒いでおるんじゃ」

そんな胸中でいるかのように、種樹は同じ日向国の飫肥藩出身である師匠安井息軒《そっけん》のもとへと学びに通う日々であった。息軒の前は儒学者塩谷宕陰《しおのやとういん》の門下で学んだ。

種樹は、幕府の昌平坂学問所に学んだあと、多くの学者に師事したが、特に塩谷宕陰の講義に種樹の姿を見ない日はない、というほどで種樹の儒学、書は天下に聞こえるほどになっていた。

安井息軒

そして種樹が通う、安井息軒の「三計塾」は、天下の秀才、逸材と呼ばれる者は必ずその門をくぐるといわれた、最高の知性が集う私塾であった。

息軒は、背が低く顔はあばただらけ。どこかカニをつぶした顔のようでもあった。今の宮崎市清武町の中野で儒学者安井滄洲の子として生まれた。滄洲は清武の子弟を集めて四書などを教えていたが、片田舎の学者であり、家は貧しかった。

少年の息軒は兄清渓とともに本を懐に入れては畑作業に出て、人が休むわずかな時間を惜しんで本をむさぼり読んだ。背が低く、右目がつぶれ、あばただらけの息軒が本を読む姿に村の悪童たちは「猿が本を読んでいる」と陰口をたたいたという。

それでも向学心は挫折することなく、学問に励むひたむきな姿勢にいつしか陰口はやみ、清渓、息軒の兄弟を、中国の宋の時代の文人である蘇軾《そしょく》、蘇轍《そてつ》とくらべて「安井の二蘇」とたたえた。

学問をさらに究めたいとの思いが強かった息軒は、二十二歳から京坂で学んだが、極貧のなかでの勉学だった。大豆を醬油で煮た食事で日々を暮らし、人が寝静まっても読書の灯が消えることはなかった。

度が過ぎた勉強と過度の栄養失調で、息軒はみるみるうちに痩せていった。心配した医師が「学問をやめて故郷に帰れ」と意見した。

キッと医師をにらんだ息軒はこう反論した。

「戦場で敵と組み討ち、討ち死にするのは武士の面目だ。私は学問に志した以上、書を抱いて一室に死んだとしても悔やむところはない」

安井親子の識見の高さ、学識の広さは世に聞こえるようになり、飫肥藩は藩校振徳堂の総裁に滄洲を抜擢。息軒もまた助教授に迎えられた。三十三歳のときである。故郷の清武、飫肥で多くの子弟を教えた息軒は、留学を機に四十歳のときに江戸に家族で移り住んだ。向学の心の火はまだ熱く燃えていた。

息軒の座右の銘は、

「百里を行く者は九十里を半ばとする。末路の艱難《かんなん》をいうなり」であった。

最後の十里が最も大変である、という努力家の息軒らしい言葉だ。

一八四一年（天保12）に私塾「三計塾」を江戸に開設した。粗衣粗食と剛健な気風の私塾で、なによりも息軒の学問に対する姿勢が塾生に緊張を与えた。塾生の一人一人の個性を重んじて個人指導により、めきめきと塾生の能力は伸び、塾の名も天下に知れわたるようになっていた。

息軒が七十二、三歳になったころ、古希の高齢になってもなお勉学に精力を注ぐ師匠の姿に若い門下生がこう尋ねた。

「先生の名は全国に響いており、しかも古希の高齢。それでも苦学をされるのは体のためにもよくないのではないでしょうか」

息軒は凜然《りんぜん》としてこたえた。

「君にはまだ勉学の時がたっぷりとある。しかし私のごときは余命いくばくもないから、一日の勉学も怠ることはできない。どうして休息の暇があるだろうか」

息軒は「文久の三博士」の一人に数えられ、全国の俊英が三計塾に集まった。秋月種樹がその門で勉学に励んでいたころ、のちの外相陸奥宗光、陸軍中将谷干城《たてき》、内相品川弥二郎、西南戦争で割腹する飫肥藩の小倉処平らもじっと息軒の講義に耳を傾けていた。

高鍋藩士の多くも江戸に留学しては、息軒のもとで学んだ。のちの大審院長三好退蔵もその一人だった。

息軒は一八七六年（明治9）、七十八歳で世を去るが、三計塾には延べ二千人が学んだといわれている。

そこで学問を深めた秋月種樹も急速な進歩をみせ、小笠原明山（唐津）、本田静山（駿河）とともに、江戸で「三公子」と評判される秀才ぶりを発揮した。

その評判が幕府中枢の耳に入ったのだろう、三十歳の種樹、いや政太郎に青天のへきれきのような報せが入った。幕府昌平坂学問所をつかさどる奉行の任命である。種樹は、小さな外様大名の妾の二男で、まだ部屋住みの三十歳の青年だ。当時としては異例といえる抜擢であった。

幕府と高鍋藩

秋月種樹が幕府の学問所奉行に任命された第一報は、口づてで一八六二年（文久2）十二月の中ごろ、師走で慌ただしい高鍋城下に届いた。

「大変じゃ、政太郎殿（種樹）が学問所奉行になられたというが…」

藩士は「信じられぬ」といった様子で言い合い、なかには家老に問う者もいた。

だが、「まだ、江戸からは正式に何も言ってはこぬ。しばらく待て」との返事ばかりであった。学問所奉行といえば幕府中枢の職務だ。

高鍋から江戸品川までは三百二十五里（一三〇〇キロ）、そのうち美々津から大坂までの海路は百八十三里（七三二キロ）。海が荒れれば、船は出ない。高鍋藩専用の飛脚はなかなか江戸から届かなかったが、ようやく着いたのは師走も押し迫った十二月二十九日だった。「政太郎は十一月十四日、学問所奉行を任ぜられ、手当は米二千俵」と報せにはあった。話が本当だと知ると、藩臣たちは喜ぶどころかだんだんと顔が青ざめていくようだった。明らかに動揺の色がみえる。

藩主である種殷は、弟の種樹より十七歳上の四十七歳。世継ぎとなる男子が五人生まれたが、どの子も幼くして他界していた。藩士たちは、種樹が世継ぎになることを望み、仮養子と藩内では思っていたが、それは幕府から公認されたものではなかった。種樹が幕府から重要な役目を負い、手当までもらうとなれば一家として取り立てられるかもしれない。そうなると秋月家の養子となる道を閉ざされる。世継ぎを決めないままに藩主種殷に万一のことがあれば、お家断絶であり、ひいては正式に養子手続きをしてこなかった家老、奉行の怠慢が問われることになる。

月番家老手塚力之進は、奉行、大目付ら藩幹部を緊急に招集して、対策を話し合った。

「政太郎殿の養子許可を幕府に請願し、もし許されなければ藩を挙げて江戸に上り哀願しよう」

そう決意した翌年一月、江戸からの臨時の飛脚便がまた高鍋に届いた。種樹が従五位下、右京亮《うきょうのすけ》に任ぜられた、とある。

「急がねばならぬ」

手塚力之進はそう思った。家老列座の前で幕府折衝を任ぜられたのは、学識広い城勇雄《いさお》だった。

「失敗すれば、腹を切らぬといかんな」城勇雄は、命令を受けながらそう決心した。

城勇雄は種樹の学友でもあった財津十太郎と江戸に上った。だが、種樹は将軍家茂に同行して京都に上洛して留守だった。江戸に帰ってくるのを待って、養子願いを幕府に出すことの承諾を得たうえで願書を幕府に提出した。一方で、幕府内で人事に権力を持っていたのは、「三公子」の一人で種樹とは学問の親友であった老中小笠原明山。城、財津とも高鍋藩が熱望する「種樹の養子許可」を強く小笠原明山に訴えた。

だが、待てどもいっこうに幕府の返答はない。攘夷をめぐって幕府と朝廷のやりとりが難しい局面を迎えた時期でもあったからだろう。さらに譜代大名の信州真田家への種樹の養子入りの話まで持ち上がった。真田家は十四万石の大家である。

幕府としては、種樹の学識を高く評価していたために、南九州の小さな外様大名の世継ぎを認めるよりは譜代大名の世継ぎとして種樹を幕府のなかで活用しようと考えていたのだった。そしてそれを画策している一人は、種樹を幕府中枢に引き入れようとする小笠原明山だった。

城、財津は衝撃を隠せなかったが、まず願書を受け付けてくれた幕府の井上正直のほか老中松平信義など幕府閣僚に根気強く種樹の秋月家養子入りを訴えた。

朝廷と幕府の合体（公武合体）に揺れる困難な政局のなか、優秀な人材を確保しようとする幕府とお家（藩）を守ろうとする小藩高鍋藩の家臣たちのせめぎあいでもあったのだが、半年に及ぶ高鍋藩の熱意が通じたのか、六月二十四日、種樹に江戸城登城の命が下った。

「やった、養子入りが認められたのだ」

高鍋藩江戸屋敷の家臣らは声を出して歓喜した。ところが、それは「学問所奉行を免ずる」というものだった。

江戸屋敷の面々は失望にうちひしがれていると、さらに呼び出しがあり、今度は種樹の養子入りを承認するものだった。幕府役職のまま藩の世継ぎとすることはできなかったので、いったん職を解いたのであった。

再び、種樹は学問所奉行を任ぜられた。さらに若年寄格という重職まで任ぜられ、将軍家茂の学問係である「侍読」という大役を受けることになった。

世継ぎを正式に認められてほっとしていた高鍋藩だったが、今度はまた難題が降りかかった。

このころ幕府は横浜港などを通商のために欧米に開港していたのだが、長州を中心とする尊皇攘夷勢力におされて、朝廷から幕府に「横浜の開港を停止するように」との勅命が下った。そのための外国との交渉役に種樹に白羽の矢が立ったのだった。いったん外国と交わした条約を反古にすることが困難であることは、明倫堂で情報を収集していた高鍋藩の学者、重臣たちにとって自明のことであった。

高鍋藩では、種樹の健康がすぐれぬという嘘の弁明をして、種樹はなんとかその任務からのがれることができた。代わりに交渉役としてフランスに行った池田筑後守はフランス政府に相手にしてもらえず交渉は失敗。俸禄を半分に減らされるという重い罰を受けた。もともと不可能に近い交渉だったのだ。

昌平坂学問所奉行となった種樹は、恩師でもある安井息軒、塩谷宕陰ら「文久の三博士」と呼ばれた超一流の学者を学問所の教授に招くという改革を実施した。

年号は元治に代わった。長州兵が京都を攻めて敗退する禁門の変が起きる。硝煙が日本の未来を暗示するようだった。種樹は、自分の進退、藩の今後を慎重に考えねばならぬ時期にきていた。

もともと秋月家は皇室方の家柄として古くから知られていた。種樹自身、「もはや幕府ではこの日本は立ち行かぬ。このまま幕府の役職にとどまるわけにもいかぬ」と考えたのだろう。一八六四年（元治元）五月、「私は生まれながら愚かで病気がちであり、大役をこれ以上任ずることはできません」と学問所奉行と若年寄格、将軍侍読の幕府の職務をすべて辞任する願書を出し、受理された。

幕府からは高い評価を受けていた種樹だったが、沈みゆく大船と運命をともにするのを巧みに避けたのだった。

出兵へ

一八六五年（慶応元）九月、幕府連合軍の長州征伐が始まった。長州は薩摩と同盟を結んだうえで、奇兵隊ら近代的な装備を身につけた長州軍が幕府軍を連戦連破。幕府軍は腰くだけの敗北を喫し、幕府の威信は地に落ちてしまった。その二年前に藩主秋月種殷が孝明天皇に拝謁し、尊皇の立場を決めていた高鍋藩は、動かなかった。

高鍋藩世継ぎの秋月種樹が幕府の役職から辞任して三年がたっていた一八六七年（慶応3）六月二十一日、幕府は突然、種樹を幕府要職の若年寄に任命した。尊皇の立場をとり、もはや幕府を見捨てている高鍋藩としてはこれには困ってしまった。何か逃げ口上を見つけなければならない。

とにかく「種樹は病気だ」ということで江戸城への登城をかたくなに拒み続けた。そうこうしているうちに十月、将軍徳川慶喜は大政奉還を朝廷に申し出た。幕府としては倒幕の口実をなくすために選択した、やむをえぬ決断であった。

一方、種樹の方については幕府は容易にあきらめず、「それでは種樹がいる高鍋藩江戸屋敷まで医師を派遣させる」という執拗さ。江戸屋敷の藩士たちは十二月に入ると、種樹を江戸から脱出させようとした。品川湾に停泊する薩摩の翔鳳丸に乖せての脱出計画だ。

翔鳳丸は十二月二十五日に品川出発の予定だった。それが日延びしていた。

ちょうどそのころ江戸では、倒幕派の西郷隆盛が幕府を挑発して軍事衝突を起こすために浪人を使って江戸町内で乱暴を働き、十二月二十三日に江戸城二の丸が炎上するという騒ぎが起きた。

幕府側にあり、江戸取り締まりの任務にあった庄内藩はこれに激怒。二十五日夜明け、庄内藩兵を主力とする二千人が江戸薩摩藩邸を焼き討ちした。薩摩藩士も抵抗したが、四十九人は討ち死にし、残りは翔鳳丸で大坂に向かって逃げた。

だが、幕府は軍艦三隻で猛追し、砲撃を加えた。翔鳳丸は大破しながらどうにか大坂まで逃れたのだった。

そうとは知らない陸地の江戸では、「翔鳳丸は撃沈され、種樹も死んだ」との説が流れた。「種樹が翔鳳丸に乗る」という文書が焼け落ちた薩摩藩邸で見つかったからだった。だが、種樹は乗っていなかった。出発延期であることを聞いていて、乗っていなかったのだろう。九死に一生を得たのだった。しかし、この薩摩藩邸焼き討ち騒動では、前途有望な一人の高鍋藩士が命を落とす結果となった。

その名は水筑《みずき》弦太郎《つる》。若く優秀な勤皇の志士だった。のちに高鍋藩の「四哲《してつ》」といわれる兄弟の長男である。

焼き討ちのとき、薩摩藩邸の副留守居役脇田市郎は高鍋藩邸に逃れ来て、助けを求めた。水筑弦太郎は「脇田殿を助けよう」と主張し、鈴木来助《らいすけ》と二人で脇田を保護して京都へ脱出することにした。若い水筑弦太郎と鈴木来助は、三好退蔵とともに高鍋藩の「三逸材」と呼ばれ、将来を期待される藩士であった。

だが幕府側の取り締まりも厳しかった。脇田市郎を水筑弦太郎の奉公人に変装さ

勤皇の志士・水筑弦太郎を長男に、四人の兄弟を記念した「四哲碑」（高鍋町筏）

せ、なんとか江戸を脱出、箱根を抜けた。だが、原町（静岡県）で幕吏によって捕らえられてしまった。

　小伝馬町の牢獄に幽閉されている間に水筑弦太郎は獄中で疫病におかされてしまった。維新により一カ月ほどで出獄を許されるが、そのまま病気は回復することなく亡くなった。二十五歳の若さだった。のちに高鍋藩では「忠子」と呼んで水筑弦太郎の死を悼んだ。意志壮烈なその生きざまは、弟の二男黒水長平、三男秋月左都夫《さつお》、四男鈴木馬左也《まさや》＝それぞれ養子にいき、姓が異なる＝に受け継がれる。

　ともに幽閉された鈴木来助もまた、翌年の戊辰の役の戦いで戦死する。

　大政奉還ののち、倒幕派のクーデターにより王政復古の大号令が発せられた。政局は一日ごとに急転する目まぐるしさのなか、幕府軍は薩摩藩邸襲撃を機に京都に向かって進撃を始めた。その数一万五千人。迎え撃つ薩長軍は六千人。そのうち両軍が衝突する鳥羽・伏見では薩長軍は千五百人しかいなかった。数のうえでは十対一の差で幕府軍が優勢だった。水筑弦太郎らが獄に幽閉されていた一八六八年（慶応4年、9月に明治に改元）正月のことである。

だが、幕府軍の多くは日和見で本気で戦おうとはしない。真剣に戦ったのは会津と桑名の二藩だけだったが、薩長の近代的な火力の前に幕府軍は惨敗した。戊辰の役の戦端が開かれたのである。

その一カ月後、二人の薩摩藩士が日向路を高鍋に向かって急いでいた。懐には薩摩藩主島津久光の文が隠されていた。それは王政復古の布告文であり、こう書かれていた。

「徳川氏が兵馬の権を掌握してから、王室は衰微し、万民は天朝のあることを知らず、幕府は朝廷を軽侮することが多かった。本年一月三日、（幕府は）ついに兵力を動かし営門に迫るに至り、逆謀が明らかになったため、尾張、越前、薩摩、長州、土佐、安芸などの諸藩は、これを鳥羽・伏見で撃破した。天朝は速やかにこれを討伐するように、仁和寺宮親王に征東大将軍の宣下をされた。よって列藩の将士四民万姓に布告する。早く徳川慶喜、松平肥後、松平越中などを誅伐《ちゅうばつ》し、天子の心を安んじ奉り、万民の苦しみを解き、皇国を静鎮すべきである。王師を拒み逆敵にくみする者には天誅を

加えるであろう。速やかに去就を決し、忠誠を尽くすべきである」（島津中将）

これを受けた高鍋藩主秋月種殷は、先祖伝来、尊皇を守ってきたとしたうえで「官軍に加わり、王室に冦《あだ》なす者を誅戮《ちゅうりく》することを神明に誓う」と参戦を約束した。世継ぎの種樹が藩主種殷の代わりに京都へ向かう一方、高鍋藩内では出兵の準備が進められた。美々津には関所が設けられ、舞鶴城は蓑崎、島田の二門が閉じられた。有事の備えだ。

このころの高鍋藩の軍事力はどうだったのだろうか。

常備軍は、六十四人の小隊が五隊の計三百二十人。砲手五十四人の大砲隊一隊。大砲六、小銃四百二十七丁の装備があった。「一万石で百人の常備兵」ともいわれており、二万七千石の高鍋藩の兵は平均よりやや多かったようだ。翌年の一八六九年（明治2）には八千両の借金をしてオランダ蒸気船一隻を購入。名は「千秋丸」と言った。鉄製で黒煙を上げながら、時速二十キロで走った。海に面するひとつの「国」でもあった高鍋藩は、黒船も手に入れていたのだった。

さて、戦の準備を慌ただしくしているさなか、「江戸上野にこもる幕府軍の彰義《しょうぎ》隊を鎮定するために出兵せよ」との命令が高鍋藩に下った。

「いよいよいくさじゃ」

藩士たちに緊張の色が走った。藩校明倫堂で日夜、武芸に励んできていた藩士たちにとって武者震いがするような興奮の一方で、生まれて初めての実戦を前に「もう生きて尾鈴山を見ることはできんかもしれん」と腹を固める者もいた。

西郷隆盛の指揮のもと上野に向かうはずだった予定は変更された。高鍋隊の進軍先は、奥羽越列藩同盟が堅く死守し、山県有朋参謀率いる新政府軍と死闘を演じている越後であった。奥羽と越後の二十五藩が幕府側として同盟を結んだ奥羽越列藩同盟には、上杉鷹山以来、親戚の藩として親しくしてきた米沢藩もいた。

一八六八年（慶応4）六月二十二日、高鍋隊は京都高鍋藩邸を出発した。

高鍋隊は、都合（長官）は総奉行の武藤東四郎、隊長鈴木来助、小隊長福崎良一のほか四分隊の計百十八人。ラッパ、笛、太鼓手もいた。このとき、鈴木来助は二十七歳。隊の主力は二十代の若者だった。

「あすの日本をおれたちの手で開く」。そんな気負いからかどの若者の顔も紅潮していた。

「どの者も戦いの功を立てよ」

高鍋藩邸出発直前、秋月種樹がげきを飛ばした。天皇の御殿である紫宸殿《ししん》で酒、するめのもてなしを受けたあと、祝砲がとどろくなか出発した。

高鍋隊は先鋒として進み、紫宸殿南門では若い明治天皇がその様子を見守っていた。

北越の戦い

高鍋隊はその日の夕には大津に到着。このあと琵琶湖の東側を迂回して敦賀に向かった。敦賀で高鍋藩の弾薬八箱は船で越後の柏崎に向けて出発した。

高鍋隊ら七藩が連合した新政府軍千人はそのまま陸を北上し、福井、金沢をへて高岡（富山県）に着いたのは七月十二日だった。

北陸深く進軍した高鍋隊の藩士には、南九州とは異なる街並みの家の形や、屋根瓦ひとつとっても珍しかった。

高岡で野営し、それぞれどっかりと腰を下ろして昼飯を食べているときであった。北の前線から加賀藩の藩士が傷つきながら戻ってきた。十数人は戸板に乗せられ、苦しそうなうめき声を吐く。血に染まった包帯を目の当たりにして、

「いよいよ前線も近いぞ」

高鍋隊隊長の鈴木来助はそばにいた年若い藩士に言った。これまでの行軍の疲れもどこかへ消えてしまうような気の張りをだれもが感じていた。

翌日には東岩瀬（富山市の海岸）に到着。南東の方角には飛騨山脈の青い山並みが見える。穏やかな日向の山々とは違い、険しく鋭い容姿だ。暑さにうだっている高鍋隊に立山連峰からとってきた氷を売る土地の者もいた。

「ここでは真夏でも氷があるぞ。妻にも見せたいものじゃ」

小隊長の福崎良一はそう言って藩士を笑わせた。二十八歳の良一は身重の愛妻を高鍋に残していた。

「帰るころには赤子の顔が見れるかもしれんな」

藩士たちの笑い声を聞きながら、良一はそんなことを思ったりした。

このころ越後の戦局は新政府軍にとって楽観視できるものではなかった。新政府軍は京都から大きく三派に分かれて北上した。東海道、中山道とこの北陸・越後路である。東海道を進軍した西郷隆盛は四月には無血で江戸を開城した。関東周辺で反政府軍はゲリラ戦を展開していたが、最も激しいそして組織的な抵抗を受けたのは越後の長岡だった。

長岡藩の軍事総督河井継之助《つぐのすけ》は、薩長に従うわけでも幕府を守るわけでもない「長岡藩中立」という理想を描いていた。その独立を保持するために、当時日本には二台しかなかったガットリングガン（機関銃）など最新兵器をそろえていたが、中立という理想に届かぬまま戦いに突入した。

近代的な装備の長岡藩と豪勇無双の佐川官兵衛ら気鋭の武士がいる会津藩らの反政府軍は、数の上では勝る新政府軍と互角に戦った。いったん奪われた長岡を奇跡の夜襲で奪い返すなど、戦局は一進一退を繰り返していた。

高鍋隊らの増援軍は、長岡の補給路でもある背後の新潟に上陸し、長岡を挟み撃ちにするのが目的だった。

高鍋隊は海岸の砂地をたどって越後に入り、糸魚川をへて直江津に入った。砂浜の行軍で藩士の疲れの色は濃かった。日本海に臨む直江津の港ではフランス人二人が函館からきて靴を売っていた。当時、イギリスは薩長を助け、フランスは幕府を支援していたから、「あの連中はスパイだろう」と藩士たちはうわさした。

七月二十一日夜、新潟上陸作戦の命令が発せられた。高鍋隊は明石藩兵と蒸気船大鵬丸に乗り込み、その日の夕には新政府軍の本営がある柏崎に着いた。作戦参謀は薩摩の黒田清隆と長州の山田顕義。兵は七藩の千人。高鍋隊は薩摩、長州の各百人とともに新潟松ケ崎進撃を命ぜられた。

「官賊の勝敗を決するのはこの一戦であり、心を一つにすること。めいめい長官の指揮を守り、おのれの見込みで進退を決めてはならぬ」

本部の軍令は、この戦いが北越の戦況を決める大事な一戦であることを強調した。高鍋隊長鈴木来助も軍令を受け取り、藩士を前に戦いの前の約束事を確認した。

「合い言葉は、山と問えば川と答える。合図の旗は赤色であり、三度振る」

来助の太い声が藩士たちの腹に響いた。それぞれ腕に白い木綿を結び、弾薬百発と三度分の食事をとった。本部から軍曹新井陸之助が目付の役割で高鍋隊に配属された。六隻に乗った千人の兵は二十四日の深夜零時に出港し、途中兵糧を積みこんだりして二十五日、小船に分乗して太夫浜に上陸。西に位置する松ケ崎に向け進軍を始めた。その間、反政府軍の庄内藩兵は戦わずして後退した。阿賀野川河口に安芸の大砲二門を設置。高鍋隊はその前後に保塁を築いて持ち場を固めた。

翌二十六日は、いよいよ新潟攻略であった。阿賀野川を渡り沼垂を占拠したあと、信濃川に迫った。対岸には敵の新潟守備隊の主力が守っているはずである。

その主力部隊は、歴史の皮肉とでも言おうか、仲の良い兄弟名君として知られた上杉鷹山、秋月種茂の深い縁で親戚同然のつきあいをしてきた米沢藩だった。指揮をとるのは長岡の河井継之助と並んで奥羽越連盟の豪傑といわれた色部長門であった。

新政府軍は、薩長の主力が信濃川西口を強行渡河し、正面から攻撃を加える。その間、高鍋隊は右翼から背後に回り、敵の退路を遮断することが狙いだった。

全軍が沼垂に到着した二十七日、高鍋隊は武藤東四郎と鈴木来助の指揮のもと二隊に分かれた。敵とは信濃川を挟んで互いに撃ち合い、砲声はすさまじかったが、新政府軍は弾薬を消耗するばかりで二十八日になっても前に進めなかった。そのうち敵が川の上流を渡って左翼から反撃する気配もあり、新政府軍は翌二十九日を総攻撃と決した。

薩摩と長州、それに高鍋の突撃部隊は、二十九日午前二時に前線間近の斉応寺に集結した。ここで赤い布を腕に巻き、合い印とした。暁の攻撃に入った。

信濃川堤防に進んだ鈴木来助の隊は、音を立てて飛び交う弾丸のなかを渡河に成功し、信濃川対岸にとりついたあとはその船を川に流して背水の陣を敷いた。この数日の戦いで高鍋藩士たちも実戦に慣れ、勇猛果敢に目標の関屋に向けて突入した。

敵は猛攻に耐えられずに敗走を始めた。逃げる敵への深追いを避けて、高鍋隊は新潟市街地に進もうとした途中である。突然、ときの声とともに斬りかかる一団があった。米沢兵二十人余だ。高鍋隊は銃撃でこれを迎え撃ち、米沢兵六人が次々と倒れた。残りは慌ててアシの茂みに逃げ込んだ。高鍋隊も二人が負傷した。

武藤東四郎の隊は、長州の隊と信濃川河畔の出来島から渡河し、山の手へと進んだ。そこから北上して新潟市街地へと進入しようとしたときである。砂丘の起伏部で米沢

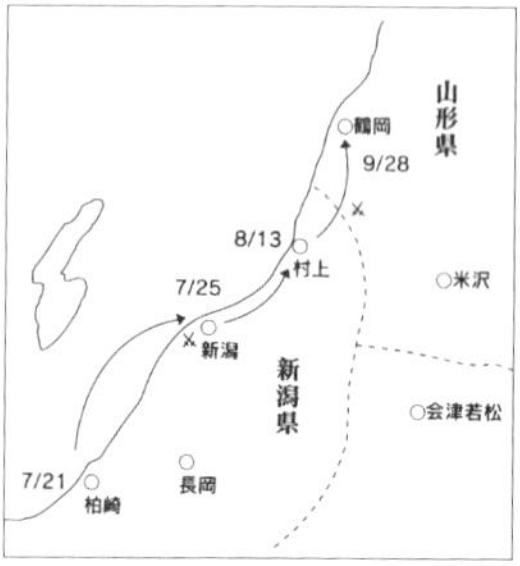

高鍋隊北陸の行動

新潟市の国道沿いにある色部長門追念碑。当時の砂丘をしのばせるのは松だけだ

兵五十人と遭遇した。

激しい銃撃戦のあと、米沢兵は数人が倒れた。そして崩れるように退却した。

白い硝煙がくすぶるなか、高鍋隊は米沢兵の死骸を確認に行くと、一体だけ首のない死体が横たわっていた。それは、奥羽越連盟の米沢代表である色部長門であった。味方の米沢兵が首を斬り、持って逃げたようだった。

敵の大将級を倒す手柄ではあったが、それが親藩米沢藩の首領であっただけに高鍋隊の藩士たちの胸中には素直に喜べぬ影も走った。

薩長と高鍋隊の突撃攻撃が戦局を開き、新潟は新政府軍の手に落ちた。孤立した長岡も間もなく陥落し、猛将河合継之助は弾丸に負傷したまま会津領内に後退していった。

新潟を平定し、戦功をあげた高鍋隊であったが、ほっとする暇もなく庄内攻撃に向かうように命令が下った。庄内藩は幕府譜代の諸藩では最強を誇り、前年暮れの江戸の薩摩藩邸焼き討ちのあと、隣の勤皇藩秋田を打ち破り戦意は高揚していた。

高鍋隊の本当の苦難も実はこれからだった。

庄内との死闘

越後に展開した新政府軍の主力は、会津に向かって東に進軍した。しかし西郷隆盛は江戸城受け取りのあといったん薩摩に戻り、軍艦春日丸で新潟の太夫浜に八月十一日に上陸。

「庄内藩を降伏させなければ、奥羽の平定はない」と北越戦線の山県有朋を説得して、庄内藩征伐の北征軍を編成することになった。

高鍋隊もそれに加わり、新潟を出発して村上に達した。奥羽越連盟の村上藩は自らの城に火を放ち、廃墟になっていた。高鍋隊はしばらくそこの守備についていたが、二十二日、北進の命を受けた。

その前夜には廃墟となった城のなかで高鍋隊の藩士らは酒をつぎ、隅々を照らす中

秋の名月をさかなに、杯をくみかわした。儒学者の息子でもある隊長の鈴木来助が、

「城ニハ主《あるじ》ナク、明月一痕廃墟ヲ照ラス」

と詩を詠んだ。秋の気配の夜風を受けながら、藩士たちは隊長の声に聞き惚れて酒をあおった。

高鍋隊は八月二十四日には中継《なかつぎ》に達した。庄内との国境も近く、中継では岩国、福知山の小隊が守っていたが庄内軍の圧力も強く、一歩も前に進めないでいた。

「このままでは戦線は膠着したままで打開の道は険しい。庄内領内の重要な拠点である大鳥に火を放ち、敵を錯乱させてはどうか」

高鍋隊の武藤東四郎と鈴木来助は岩国、福知山の隊長にそう提案した。新潟で勝って意気盛んであった。そしてこう言い加えた。

「高鍋隊が中継から東二里の山熊田に進み、さらにそこから半隊が東北三里の大鳥を奇襲して放火すれば、敵は必ず中継前線の兵力を分けて大鳥の守備に回すだろう。その隙をみて岩国、福知山の両隊が前進すれば戦況の打開は可能だ」

大鳥は庄内藩の鶴岡城が万一陥落した場合は、藩主の避難所に予定されていた地点であった。そこを襲うことでの敵の動揺を誘う作戦である。

二十四日、山熊田への険しい山道を進軍する高鍋隊の姿があった。ブナの大樹の根

元を這うようにのぼり、急流の渓流を越えた。目的地の雷《いかずち》村の入り口に台場を設けて庄内兵に備えた。あとに着いた薩摩兵が右後方の山の下に台場をつくり、援護の態勢をとった。

その深夜、鈴木来助隊長率いる半隊は羽越国境の急峻な山々を突破した。月影もない闇夜で、谷川のそばの倒木に露営した。口を開く者はいない。沈黙の奇襲隊である。深い森に隠れて空が白むのを待った。まず敵の番兵を二人生け捕り、農民兵七、八人を追い散らすと奇襲を知った村人は村外へ慌てて四散した。

高鍋隊は無人の村三十軒に火を放ち、山熊田に引き揚げたのは午後五時であった。この放火直後に岩国、福知山の両隊が進撃すれば先手を打てただろう。だが、両隊は機を逸してしまう。焼き討ちを屈辱の思いで知った庄内兵はすぐに反撃に転じた。

高鍋隊と薩摩隊は敵の内部に孤立する格好になった。二十八日には百余人の庄内兵が前、左、右の三方面から攻めてきた。雷村入り口の台場の高鍋隊は二十余人。弾丸の嵐が襲った。敵数人を倒したが、敵の圧迫に耐えきれず高鍋隊は台場をいったん放棄した。山林に逃げ込み、木立ちを盾にじりじりと後退した。荒川梅太郎は負傷兵三人を助けながら追う敵を射殺した。木立ちのなかで白刃がぶつかり合う音も響いた。

そこへ鈴木来助隊長が援軍を連れて駆け付けた。軍曹新井陸之助は、「薩摩隊は右方の山の上に上がって攻撃を開始した。高鍋隊もすぐに左側の山に進んで反撃されよ」と命じた。武藤東四郎と参謀の手塚吉康の一隊は台場の左側の山に上って一斉射撃を加えた。この不意の挟撃が功を奏し、敵は攻撃を中止して後退を始めた。

その機に再び台場を取り戻すことができたものの、その戦いで高鍋隊は坂出正太郎ら五人が戦死した。死体は山熊田に仮葬した。四人の負傷者は薩摩の軍医から治療を受けた。しかしまだ三人が夜になっても行方不明のままだった。小林久益は体に弾丸二発を受けながら敵二人を倒し、翌朝に姿を見せた。さらに一人も無事だった。

だが、小隊長の福崎良一は、台場から少し離れた山林のなかで三発の弾丸を受け、割腹して果てていた。鈴木来助は、高鍋にいる妻のことを懐かしそうに話していた良一の顔を思い出した。

「昨日戦場ノ人未ダ帰ラズ　慟哭《どうこく》シテ山中ニ髑髏《どくろ》ヲ求ム」

このとき、来助はそんな詩も詠んでいる。

山熊田は孤立した地点にあったため、薩摩隊とともに中継まで引き返した。

庄内軍はさらに増強し、雷村、山熊田方面は敵で満ちた。このままでは戦線は敵の圧迫により不利に陥るとみて敵の背後を衝く作戦を断行することが決まった。諸藩が雷村、山熊田方面に進出し、その間、薩摩二小隊、高鍋一小隊は庄内領の要地である関川を攻略し、敵の後方を遮断する作戦である。

弾薬百発を胴乱に詰め、人夫が五千発を背負った。一食分の兵糧と一食分のパンを腰などにつけ、草履二足も腰につけた。九月十日午後八時、高鍋隊を先鋒に中継を出発した。斥候が先を探りながらまたも羽越国境の深い山の闇を手探りで進軍した。関川に着いたのは十一日午後四時ごろであった。

関川は庄内領に入ること四キロ。庄内軍の越後方面の作戦基地のあるところだから、敵の抵抗も激しかった。森林からの射撃と夜襲に悩まされた。薩摩隊とともに必死で反撃したが、楽隊長の綾部秀之助が負傷した。庄内軍の抜刀による斬り込みも繰り返され、平島周次郎らが射撃で応戦したが、杉今朝太郎が銃撃を受け、即死。次々と負傷者が出た。

苦戦のさなかに、敵進撃の矢面に立つ主要台場の守備を高鍋隊で守るように指令があった。援護部隊として薩摩の歴戦部隊であった十三番隊が近くに宿営した。

多くの負傷者を抱えた百人に満たない小隊の高鍋隊にとって、敵前面の台場の死守は極めて困難が予想された。だが、ここで持ちこたえるかどうかが庄内国境の攻防にとって重要なかぎを握っていた。

十六日午前六時、斥候が敵部隊の侵攻を知らせてきた。庄内軍三百人が銃口を向け、あるいは抜刀して木立ちを抜けながら進んでくるのが小高い台場から見下ろせた。敵主力は最も高台にあった高鍋隊の台場を目指して猛攻を開始した。

敵は迂回して射撃を浴びせ、高鍋隊は草地に伏せて防戦した。

「決して後ろを見せてはならんぞ」

銃撃のなか隊長鈴木来助のどなり声が飛んだ。

敵も果敢に突撃をしてくる。敵とは五、六メートルの距離を置いての肉迫戦で互いに顔を見合って銃を撃ち合い、刀と刀が激しく火花を散らした。

高鍋藩士のだれもがここを死地と覚悟を決めたときであった。高鍋隊を悩ませていた側面の敵を薩摩十三番隊が撃退。戦局の形勢は逆転し、ついに多勢の敵は敗走を始めた。高鍋隊は台場を死守したのだった。

銃音がやんだとき、台場では隊長の鈴木来助がおびただしい血を流してうずくまっていた。弾丸を受け、重傷を負っていた。荒川梅太郎の付き添いで新潟野戦病院に収容されたが、しばらくした十月五日に死亡した。

美々津の儒家日高家に生まれ、鈴木家に養子に入った来助は文武ともに優れ、水筑弦太郎、三好退蔵とともに高鍋の「三逸材」といわれた快男児であった。二十七歳の波乱の人生を北越の地で閉じたのだった。

新潟市の護国神社にある高鍋藩士戦没者の石碑と墓。隊長鈴木来助の墓標も並んで立っている

水戸藩と小浜藩の増援を得て、いくたびの戦闘で負傷者、病人が多くいた高鍋隊は遊軍となって最前線を離れた。横尾栗が高鍋上江の屯兵五十人の増援部隊を率いて新発田に到着したとの連絡が入ったのは九月二十五日のことで、傷ついた高鍋隊の喜びはひとしおだった。本営から高鍋隊長官の武藤東四郎と鈴木来助に感状が贈られた。高鍋隊が一連の激戦を戦い抜き、戦局を好転させたことへの感謝を表していた。

庄内藩が、米沢方面入り口にいた西郷隆盛に降伏したのは、その二日後のことである。庄内の鶴岡城下へは高鍋隊と水戸隊が先鋒を務めた。高鍋隊は負傷した者も多かったが、晴れやかな気持ちで城下に入った。

十月三日、上江の増援部隊も鶴岡に到着。「先着の高鍋隊は村上領の平林まで凱旋せよ」との指示があった。このころになると北国は急に寒が強まり、毛布が支給された。雪も舞い始め、九、十日は大雪のなか庄内から越後へと南下した。新発田に着くと坂田潔（のちの諸潔）や森為国が待ち受け、上江の屯兵も到着して高鍋弁でにぎやかに語り合い、酒を酌み交わした。

京都への帰路は寒くはあったが、気楽なものであった。加賀百万石の城下金沢では、「羽越の立派な戦い聞き及んでいます。わが藩は武芸を奨励していますので、ご指南よろしくお願いします」との申し込みもあった。

稽古場の有隣館には加賀藩士七、八十人が集まっていたが、高鍋藩の石井寿吉、立山正之介に及ぶものは一人もいなかったという。

琵琶湖東岸をへて京都に入ったのは、十一月六日。家老の黒水長慥《ちょうぞう》らが一小隊で出迎えた。二条わきの高鍋藩邸では藩主秋月種殷が待ち受け、「無事帰陣してめでたい」と酒が振る舞われた。するめ、砂糖なども支給されたほか、寒空にボロボロの軍服姿だった隊員全員に綿入れと金五両が与えられた。

伏見から淀川を下り、大坂から中国沿いに海路を南下して高鍋藩領内の美々津の港に入ったのは、師走の十二月二十日のことだった。海の色、山の色、空の色までが懐かしく感じられた。

風雪のなか帰ってきた越後路が悪夢だったような穏やかさで、故郷は高鍋隊を迎えた。翌二十一日、都農着。澄んだ冬の青空に尾鈴山がくっきりと浮かんでいた。高鍋城下を見下ろせる坂本坂の上にくると、戦地で頭をよぎった見慣れた町並みが静かに横たわっていた。小丸川もゆっくりと蛇行している。

「帰ってきたぞ」

戦死した友に語るかのようにつぶやく者がいる。だれもが、目に涙があふれていた。

「鈴木隊長、福崎小隊長……」

言葉に詰まりながら、冷酒をぐいっとあおる者もいた。

城下に入ると、八幡宮、大竜寺などの神社、仏閣を参拝して十人の戦死者を鎮魂した。福島（串間）の兵は一泊して福島へと向かった。

◇　◇

さて、これまでで書き落としたことがある。高鍋隊が北越で死闘を繰り広げていたころ、高鍋藩の二人の若者が極秘に藩命を受け、奥羽越連盟の米沢藩に潜り込んでいた。二十五歳の岩村虎雄と二十四歳の坂田潔である。上杉鷹山以来、親戚同様のつきあいをしていた米沢藩が逆賊の汚名を受けるのがしのびなく、「恭順の意思を朝廷に示すように」との秋月種樹の書状を米沢藩主に渡すためであった。

東北は敵国の勢力圏だ。もし米沢潜入を前に会津藩にでも捕まれば、二人の命はなかっただろう。だが、二人は潜入に成功し、米沢藩はその説得に応じて九月に新政府軍に降伏。ただちに庄内追討の先鋒を命じられた。

戊辰の役の戦後処理で、仙台、山形など東北の各藩は首謀者の家老が処刑されたが、米沢藩は秋月種樹の尽力により、新潟で戦死した色部長門のお家断絶（のちに復活）だけの軽い処罰で済んだ。米沢藩はその感謝の気持ちとして十二月には高鍋藩に刀、真綿などを贈っている。

密使として米沢に入った坂田潔の言葉として、「米沢では色部長門を討ったのが他藩ではなく、鷹山公の出身の高鍋で良かったと喜んでいた」と武藤東四郎の日記「北征記」にはある。

隣藩の米沢と庄内は明治に入り、同じ山形県となった。だが、いまでも仲があまり良くないのは、戊辰の役の後遺症ともいわれている。

第四章　西南戦争

種樹と維新政府

話は少しさかのぼる。徳川家が大政を朝廷に奉還したあとの一八六七年（慶応3）十二月、それまでの摂政、関白、征夷大将軍の職が廃止され、あらたに総裁、議定、参与の三職が置かれた。

明けて一八六八年二月、高鍋藩世継ぎの秋月種樹は、参与職に任ぜられた。参与には、大久保利道、後藤象二郎、西園寺公望らが名を連ねていた。種樹がその任命を受けるため江戸を発ち、京都に向かおうとする矢先、最後の将軍徳川慶喜に呼ばれた。

「私のために朝廷への恭順の思いを伝えてほしい」

維新政府に種樹が入ることを知った慶喜の依頼であった。種樹はそのことを松平春嶽や参与の柳原前光に伝えた。

同年九月、十七歳の明治天皇が即位し、元号も慶応から明治に代わった。種樹はこの若い天皇の教育係ともいえる「侍読」に任ぜられた。将軍徳川家茂に続く二回目の「侍読」の要職である。

種樹は、優れた為政者になるために必要な帝王学として『史記』と『資治通鑑《しじつがん》』、さらに中国最古の詩集である『詩経』を明治天皇に講義した。特に『資治通鑑』の評価は高く、江戸の諸侯も傍聴したほどだった。遠く漢高祖の末えいでもある秋月家の種樹としては、面目躍如といったところだったろう。

明治天皇は必ず朝五時には起床し、夏は同七時、冬は同八時半には学問所に行き、侍読を待ったという。種樹の侍読は明治三年七月まで約二年にわたった。

維新政府での種樹は、多忙を極めた。侍読のかたわら現在の国会に相当する下局議長のほか、外国の議会制度を調べるために公議所議長にも選ばれた。さらに学校取調も兼務し、新しい日本の教育制度の基礎づくりを山内容堂とともに任ぜられた。新しい時代に合った教育制度を確立するために走り回る種樹だった。

明治二年十月、いまの文部大臣にあたる大学大監に任ぜられた。このときは、大学本校は国学派と漢学派が対立、さらに両学派による洋学者の排斥運動なども起きていた。そこで種樹は国漢学派の拠点である大学本校を閉鎖するという思い切った決断をして、洋学系統の大学南校と大学東校だけを残した。この両校はのちに合併して、東京帝国大学になる。最高学府の樹立に大きな役割を果たしたのである。

このころの種樹は、教育、国会という国の骨幹を築くために奔走している。南九州の小藩出の種樹をここまで押し上げたのは、種樹自身のたゆまぬ学問への努力と、種樹と心を一つにして中央へと進ませた藩士たちの結束の力がその陰にあったからであった。兄弟で名君だった秋月種茂と上杉鷹山の代から受け継ぐ、知識と行動を一致させる「知行一致」の精神。さらに私利私欲を捨て、大きな目標に向かって突き進む志の高さが、種樹にも脈々と生きていた。

多くの血が流れた戊辰の役のあと維新政府は成立したものの、全国は二百七十六の藩に分かれたままで、形としての封建制はまだ生きていた。

そこで倒幕の中心勢力だった薩長土肥の四藩は明治二年正月、領地や人民を朝廷のもとに返す版籍奉還をしようという建白書を提出した。

その動きに種樹も同調した。

「欧米列強の前に日本がこのままの分裂状態では駄目だ。早急に統一国家を築かねばならない」

そう思った種樹は、版籍奉還の機運を高めようと各藩に檄《げき》文を送る。

「国力が分離したままでこの小国日本がどうやって海外万国と交際ができるだろう

か。どうやって将来、国を興すことができるだろうか」

檄文では格調高くそう訴え、こう提案した。

「封土を奉還し、郡県の制度にする」

「諸侯の名を廃し、貴族とする」

「藩民の名をやめ、朝民とする」

説得力ある文章に一説では、三十余藩が賛同を示したという。

版籍奉還、さらにそれに続く明治四年七月の廃藩置県が意外に順調に進んだ背景には、各藩の財政のひっ迫もあったといわれている。戊辰の役での戦費の流出も加わり、全体の藩の三分の二以上は破産状態だった。借金が実収を超えていた藩は、会津、熊本など大藩も含めて百四十四藩にのぼった。

経済の崩壊は、いやおうもなく政治体制の崩壊を導いていた。

ちなみに高鍋藩は国内での借金が約六万六千円。これは日向四藩のなかでは最も少なかった。しかし外国蒸気船を購入したために二万五千円の外国債があった。これらの多くは、廃藩置県のあと政府により公債として処理されている。

きしみ音を立てながら、新しい日本は動き始めた。しかも明治初期は、闇夜を手探りで進むような国づくり。急速な統一国家への歩みのなかで、きしみ音がやがて悲鳴に変わり、怒声に転じるのにそう時間はかからなかった。

激論

廃藩置県を機に、それまでの秩序が次々と破壊されていく。神仏分離が新政府により宣言され、それが神道側による廃仏毀釈《きしゃく》へと発展した。

高鍋藩では明治二年に藩に招いた国学者名波大年とその一味の神官たちが、徹底して廃仏毀釈を行った。秋月家菩提《ぼだい》寺の竜雲寺、大竜寺、安養寺をはじめ二十四の寺院が容赦なく破壊され、焼かれた。いまの高鍋が城下町なのに寺院が極めて少ないのは、そのためである。

廃刀と散髪の布告がされ、さらに武士はそれぞれの禄高の五倍のいわば退職金でいまで言うリストラになった。士族戸数四十万戸のうちの一割ほどは官吏となって再就職したが、ほかは職を失ったのである。慣れない商売に手を出して失敗する者も相次ぎ、藩の象徴であった城も次々と壊された。士族の不満は日増しに膨脹していた。

新政府の国書受けとりを拒否する朝鮮国を征服しようという征韓論が出てきた背景には、こういった行き場のない士族のエネルギーがあったともいわれる。

庶民にも新政府に対する不満は蓄積していた。地租改正で年貢は現金で納めることになったが、現金収入に乏しい農家にとっては逆に重税感が強まり、一揆が多発した。国民皆兵の徴兵制もまた、四民平等でなければならないものが、二百七十円の税金を納めたり、上級学校に学んだ者は除外されることなどで不平等感を強く抱かれた。さらに「血税」という言葉を文字通り受け取られてしまった。

「血税というのは血をしぼりとられるということだそうだ。徴兵で若い者をとって逆さにつるし、その血を西洋人に飲ませるのだ。横浜の異人たちが飲んでいるブドウ酒がそれだ。赤い軍服や軍帽も血で染めたのだ」と。

八年間の義務教育の学制改革もまた庶民には大きな不満となった。一日二、三銭の生活費の一般の家にとって小学校の月額授業料五十銭はかなりの負担だ。しかも重要な労働力を失うことになった。

庶民の不満を背景に士族の不満は日に日に尖鋭化した。言論派は自由民権運動に発展し、武闘派は武器をもってその意思を示そうとした。そこに一人の男がクローズアップされた。

「大西郷」こと薩摩の西郷隆盛であった。西郷はこう思っていた。

「自分は維新というものに命がけでやってきたけれども、今の維新の後の動きを見ると政府の高官になった者たちは栄華を極めてまことに堕落している。こんなことでは維新を願って死んだ連中にまことに申し訳ない」

中央の新政府を離れた西郷は、じっと鹿児島にいた。

一方、高鍋藩はいったん高鍋県となったあと、日向国の大淀川より北は美々津県として編入された。県庁は美々津の旧高鍋藩お仮屋跡に置かれた。明治六年には美々津県と都城県は廃止され、宮崎県に統合された。だが明治九年八月には宮崎県は廃止され、日向国全体は鹿児島県に併合されることになった。

「おい、今度は鹿児島県じゃと」

高鍋の人々もたいした関心もなくそのことを話題にした。廃藩置県からわずか五年、旧藩意識がまだ根強く、「県」の名に特にこだわりも思い入れもなかった。だが、鹿児島県に編入されたことが日向全体を西南戦争に巻き込むことになるとは、だれもその時点では予想もしなかっただろう。

明治七年、前参議江藤新平による佐賀の乱が最初の士族反乱だった。神風連の乱、秋月の乱、萩の乱と明治九年までに士族は各地で蜂起した。鹿児島には西郷を慕う、桐野利秋、村田新八らが政府要職を辞職して帰郷した。

西郷は士族の子弟たちを教育する私学校を設立していたが、私学校は銃器、弾薬、大砲を保持し、一つの兵団であった。そこで政府は警視庁の警官十数人を鹿児島に派遣し、情勢を探らせるとともに一八七七年（明治10）、強引に兵器、弾薬を汽船で大阪に運ぼうとした。それが西南戦争の導火線となった。

「警官の鹿児島潜入は西郷暗殺が目的だ」と反発していた私学校党は同年一月二十九日、大挙して火薬局、海軍省造船所を襲い、運搬中の武器弾薬を略奪した。

「反するも誅《ちゅう》せらる。反せざるも誅せらる」

元老院議官柳原前光はそう西郷の気持ちを推しはかったという。反乱は本意ではなかった西郷であったが、まるで死に場所を求めるかのように鹿児島の若い士族とともに立ったのであった。

県令大山綱良から鹿児島県宮崎支庁に手紙が届いたのは二月五日。宮崎支庁にいた高鍋人が高鍋に知らせたのは二日後のことだった。最初に聞いたのは区長代理の黒水長慥だった。鹿児島県庁に出張していた区長の武藤東四郎も帰ってきた。

「佐土原はもちろん飫肥、清武、延岡も出兵するらしいぞ」

「高鍋がぐずぐずしているのはまずいのではないか」

区長のもとへ次々と報告にくる高鍋人たちからそんな声が出た。

高鍋では維新以後、重要問題が起きると旧舞鶴城内の千歳亭に士族一同が集まり、衆議で決めていた。これを「演説会」といった。

参戦問題の演説会には約八百人が集まった。千歳亭を囲み、さらに城の二の丸まで人があふれた。北西から吹き渡る寒風が二の丸にいた人たちを吹きさらしたが、人々は熱気で寒さも忘れたようであった。

「西郷の挙兵は正義だ。同県人ではないか」

「いや、出兵は朝廷に逆らうことになり、逆賊になるぞ」

十日に始まった議論は十一日も結論が出ず、十二日には元家老の秋月種節《たねよ》らは、明倫堂教授だった城勇雄の出席を求めた。

「西郷はただ同県人というだけで面識もあるわけではなく、必ずしも死生をともにしなくてはいけないという義はない――」

と、五十歳の城勇雄は冷静に言ったが、血気にはやる若い士族からは反発の意見も出た。議論は決着を見ず、とにかく代表を鹿児島に派遣して実情を調べることになった。区長代理として石井卓巳、士族代表として黒水長慥、秋月小牧ら四人が出発と決まった。

四人が出発すると参戦の準備も一方で進められた。藩内にはこんな張り紙も出た。

「十五歳より四十歳までは参戦する。小銃を持つ者は持参すべし」

投網の鉛で小銃の弾を作ったり、鉛が買い上げになったりした。

代表四人は十六日に鹿児島に着いた。しかし県庁を訪れても、「与り知らぬ」と県官吏には言われ、私学校では門衛に門前払いのような扱いを受けた。

途方にくれていた二月十五日、鹿児島には珍しい大雪のなかを「政府に尋問したい筋がある」と私学校党の兵が出発を始めた。十七日には砲隊と本営の西郷隆盛も雪を踏んで鹿児島の城下を離れた。その数、一万二千人だった。


はっきりした手応えをつかんだわけでもない四人は二十二日には高鍋に帰った。「県令の指示を待つしかない」というのがその結論であった。

だが、佐土原、飫肥、延岡隊も次々と西郷軍に参戦し、日向各藩の兵も加えて西郷軍は三万人ほどに膨れていた。高鍋の参戦派ももはやじっとしていることはできない気分であった。舞鶴城の三の丸の島田学校には、参戦希望者が集まり、勝手に隊を編成して黒水長慥を呼び出して「総括」の役目を負わせようとした。

困った黒水は「待て、いましばらく自重して待て」となだめるしかなかった。藩の指導層は参戦には慎重だった。

二十八日になると元老院議官で旧藩主秋月家当主になっていた秋月種樹から一通の手紙が届いた。東京から鈴木定直が持ってきた手紙は、黒水長慥、秋月種節、武藤東四郎ら藩指導層に宛てたものだった。

南九州の異変を知った秋月種樹は、十七日に司法官の三好退蔵とともに東京から高鍋へ向かった。京都に寄り、内務卿大久保利道に「日向救済のために兵を貸していただきたい」と申し入れている。だが、大久保は「そんな予備はない」と断った。

種樹が九州に入ったのは二十三日。小倉から豊後に入り、日向との国境まで来たが、「ここからは商人でさえも入るは許すが、出るは許さない」という厳しい戒厳状態。日向の情勢をつかめないためそれ以上の南下をあきらめた。鈴木定直は、種樹の手紙を懐に深夜、馬を飛ばして国境を抜け、高鍋に潜入したのだった。

「西郷軍に加わり、反政府軍となってはいけない。賊軍の汚名を着て、やがて滅亡に至るだろう」

手紙は種樹のその強い思いが込められていた。鈴木定直は手紙を渡すと再び、夜の闇にまぎれて馬を飛ばして鹿児島県となっている日向を脱出した。高鍋の参戦派が鈴木定直を捕らえようと動いたときは、はるか遠くへ逃げ失せていた。

種樹が高鍋入りをしようとした最大の理由は、高鍋藩から中央に出て、下局議長などを歴任、郷里に帰って都農神社の宮司になっていた坂田莠《はぐさ》に対し「西郷軍に協力しないように」と説得するためだった。

坂田莠はまだ隠然たる力を持っていたからだ。私学校党からも協力を求めて働き掛けがあった。暴漢が坂田を脅迫することもあった。

だが坂田は、「かけまくも畏き神に仕う身は　わけて祈らん国安かれと」と歌を詠んで心境を表した。つまり、「神官を行うのは自分の信条である。神に平和を祈るのが自分の為すべきこと」と言って決して動くことはなかった。

種樹の説得や動かない坂田の姿もあって高鍋では、参戦派の勢いはやや弱まり、出兵の機運は遠のいたかに見えた。だが、二月の末までには日向の各隊の出兵も終わり、鹿児島県内で高鍋は孤立した状態になっていた。

いつまで待っても参戦しない高鍋に西郷軍はじりじりと苛立っていた。

田原坂

鹿児島を出発した西郷軍は二月二十二日、熊本城を包囲。政府軍の乃木希典《まれすけ》連隊が連隊旗を西郷軍に奪われるなど交戦が始まった。谷干城《たてき》を長官とする熊本鎮台は西郷軍の進軍を止め、粘り強く抵抗していた。その間、政府軍主力四万も迅速な動きで熊本を目指す。

三月二日、細島港に政府軍の軍艦三隻が姿を見せた。旧高鍋藩内では大騒ぎとなり、参戦派百五十人は慌てて美々津まで駆け付けた。

「いよいよ戦が始まるぞ」

そんなうわさが広まったのか、馬に荷物をくくりつけて田舎へ運び出す者もいれば、庭に穴を掘って、みそ、醤油を隠す者などもいて、庶民はひどくうろたえた。

四日には「薩摩の貴島清が兵を率いて宮崎に入り、都城、高岡で兵を募ったあと高鍋を攻め、その足で豊後に上るそうだ」との風評も伝わってきた。

「それは一大事だ」と舞鶴城内の千歳亭では早速「演説会」が開かれた。士族が衆議した結果、翌日には真意を確かめに代表二人を宮崎に向かわせた。二人は八日夜、貴島隊の隊士四人とともに高鍋へ帰ってきた。薩摩の隊士は桐野利秋が大山県令にあてた文書を示した。それは肥後の山鹿からの募兵の催促であり、高鍋の出兵を強く求めていた。

「もはやこれ以上、県内で高鍋だけ孤立するわけにはいかん」

高鍋の区長らはそう決断した。

黒水長慥は翌日、念を入れて貴島清と宮崎で面会すると、貴島は「この度の挙兵は県下一同のことであり、ご尽力ありたい」と言った。黒水は「今日中にも出兵するでしょう」とだけ短く答えた。

高鍋からは三百人余りが参戦を希望したが、そのなかから壮健な者二百人余りを二小隊に編成した。一番小隊長は石井習吉、二番小隊長は内田武夫。軍資金五千円を町民から借りた。

高鍋隊は明倫堂の後にできた島田学校に集合し、九日午後三時、舞鶴神社に参拝した。春の篠つく雨が降り続く日だった。町民が表に出て見守るなか、隊は肩を濡らしながら南へと進んだ。宮崎で貴島隊と合流したあと、高岡、小林を経て、加久藤峠からは昼も夜もなく進軍した。

人吉に着いたのは十二日。小船十二隻で球磨川を下ると八代で西郷軍の袖印である白布を全員がつけた。敵味方が入り乱れる前線が近い証拠であった。

熊本城南の川尻に着くと、遠くから砲声が響き、白煙があちこちに昇っているのが見えた。どこか演習気分であった一部の高鍋隊士にも「ついに戦場に来た」という緊張感が走った。山鹿に向かう途中、新たな指令が伝えられた。

「高鍋隊は明朝、田原坂に応援に行かれたし」

西郷軍と政府軍が死闘を繰り広げる最前線だった。

雲は厚く覆い、断続的に雨は降り続いた。田原坂方面の熊本七番隊の支援に到着したのは十五日のことである。

田原坂では、熊本鎮台と福岡方面から南下した主力の政府軍が西郷軍を挟み撃ちし、双方とも総力戦を展開していた。

「町民、農民でつくった政府軍ごとき、軽く踏みつぶしてくれる」

息巻く高鍋隊は十六日早朝、ぬかるむ地面を蹴って弾丸のなかを突入した。高鍋一の剣豪で知られた一番小隊長の石井習吉も刀を抜き、小雨の向こうに見える政府軍目がけて突進した。

だが、西郷軍の小銃の多くが弾の先込め式で雨に弱かったのに対し、政府軍は元込め式の最新式スナイドル銃だった。しかも西洋式の集団訓練で十分に鍛えられていた。石井習吉は銃弾に弾き飛ばされた。あとに続いた分隊長平島重綱ら六人も次々と水たまりに倒れた。

小競り合いが一両日続いたあと、政府軍は十八日、不意にとりでを越えて突撃してきた。高鍋隊は、正面から押し寄せる敵に耐えながら、別部隊が背後から政府軍を襲い、なんとかもちこたえた。この日の高鍋隊戦死者は八人。負傷者は柿原宗敬ら二十一人にのぼった。

傷口を覆った包帯も血で赤く濡れ、雨がさらに濡らした。このときにはだれもが政府軍の強さを認めざるをえなかった。

休戦を挟んで二十日、配置替えした西郷軍は、高鍋隊を含む四十二個中隊が前線を突破するための攻撃態勢をとったが、政府軍は朝霧に乗じて総攻撃を仕掛けてきた。敵弾は音を立てて耳元をかすめていく。ぬかるむ地面に足を取られながら、抜刀して敵を倒す者もいたが、火力、兵力に勝る政府軍に押され、大きな打撃を受けた。

その日の攻撃で、高鍋隊は参謀水町実武ら二十九人が戦死。内田武夫ら八人が負傷した。田原坂でのわずか五日間の戦闘で、高鍋隊は戦死四十人、負傷者三十五人を数えた。半数近くが傷ついていた。

二十五日、高鍋隊は田原坂から熊本城包囲に配置替えになった。しかし、田原坂方面で西郷軍の戦局が悪化するとともに、熊本城内の政府軍も城を出て攻撃に転ずるようになっていた。

四月八日の夜明けは深い霧だった。視界も利かない朝霧のなかを突如、喚声が上がったかと思うと敵が来襲した。高鍋隊は防塁をなんとか死守したが、同じ旧高鍋藩の福島隊が持ちこたえられずに崩れて、敗走した。このため高鍋隊は背後に敵を受ける形となったため、塁を放棄して退却した。この戦いで、高鍋隊戦死八人、負傷八人。福島隊の隊長坂田諸潔《もろきよ》（以前は潔）も傷ついた。

挟み撃ちの圧迫に耐えられず、ついに西郷軍は熊本城の包囲を解いた。攻勢から守勢に回ったのだった。高鍋隊も本営とともにじりじりと東に移動し、九州山地のへその位置にあたる日向との国境の馬見原まで退いた。四月十七日のことである。

西郷軍の本隊は馬見原から九州山地を縦断して人吉まで南下。そこも政府軍に包囲される危機となったので西郷隆盛は米良街道を通って五月末には宮崎に入った。敗走する西郷軍を追って戦局は肥後から薩摩、日向、豊後、大隅と南九州全域に広がった。だが、もはや戦力差は歴然としており、多くの傷兵を抱えた西郷軍は追い詰められるように日向へと入ってきた。

日向全域は、北から南から戦火に巻き込まれるのだった。

都農神社の神官だった永友宗義の『西南戦争日記』によると、三月末から五月にかけて西郷軍の多くの負傷兵が神社前を南下して敗走している。馬に負われる者、血だらけになって山かごにしがみついている者などが長い列になって神社の前を通った。

「高鍋の渡辺武平、傷深く途中にて死す」「馬渡他人、深手にて息絶える」と日記にはある。

尾鈴山を見て、城下はすぐそこだと知りつつも絶命する高鍋隊士が相次いだ。町役人は一日に山かご六十台、馬百頭、人足五百人を出して負傷者の手当てに奔走したという。これを見た高鍋の人々は、西郷軍の敗北は避けられないと実感した。

田原坂に高鍋隊が到着する直前のことである。

「西郷、桐野の官位を剝奪し、朝廷より追討令が下された」との知らせが高鍋の指導層に届いた。薩摩の島津父子も朝廷に恭順の意思を示している。ということがはっきりした。

秋月種節ら高鍋の首脳は息をのんだ。

「しまった、遅かったか。道を誤ってしまった」

そんな、取り返しのつかない後悔の念がよぎった。緊急の「演説会」が島田学校で開かれた。

「一刻も早く、兵を呼び戻そう」

「政府軍を日向に派遣してもらい、賊名を免れよう」

そういった決議がなされた。陳情書が書かれ、朝廷勅使に呈上しようとしたが、警備が厳重で近づくことも許されず、そのうち戦地の高鍋隊は田原坂での死闘に突入した。

だがようやく、高鍋での決議が戦地にまで届くと、高鍋隊は動揺した。負傷して病院にいた者は続々と高鍋目指して引き揚げてきた。熊本敗戦後は壮健な者も病気と偽って前線から高鍋に戻ってくる者が出た。

この事態は、前線での攻防を続けながら撤退していた残りの高鍋隊を窮地に陥れた。高鍋隊の河野量平が戦地から高鍋へ急きょ戻り、指導層にこう訴えた。

「高鍋の兵のなかにひそかに前線を抜け出して帰る者が相次ぐことから、西郷軍の本営では軍法にかけると激怒している。ぜひ、援軍を送ってほしい」

西郷軍の怒りをなだめるため、再び百人の兵を募り、前線へと向かった。さらに熊本からいったん逃げ帰った四十人も再び出兵した。高鍋ではかれらを「逃げ隊」とあだ名する者もいた。

「逃げ隊」が高鍋を出発したのは五月二十日のことだった。ちょうどそのころ、一人の高鍋藩出身の司法官が、漁師になりすまして美々津に潜入していた。幕末・維新のころ高鍋藩の「三逸材」と言われた一人、三好退蔵であった。

九烈士の投獄

三好退蔵の高鍋領内潜入の目的は、西郷軍への参戦に慎重な秋月種節《たねよ》、黒水長慥ら上層部の救出だった。

というのも、西郷軍日向参軍の坂田諸潔は、かつては戊辰の役で米沢藩の説得に尽くすなどの功績があったが、熱烈に西郷を慕い、秋月種節らの態度に強い反感を抱いていたからだ。坂田は熊本で負傷したあと、高鍋で療養していた。

五月二十八日、西郷軍の桐野利秋は、宮崎支庁を拠点に軍政をしいた。

坂田諸潔は高鍋の家老級の人々らに、募金、募兵のほか寺の鐘などの供出を求めた。十七歳以上、四十歳以下の士族全員のほか農民、少年までも兵に駆り立てた。庶民も西郷軍のために労役を課せられていた。敗色濃いなかで苛立つ西郷軍に囲まれ、これまで高鍋を導いてきた秋月種節や城勇雄らに身の危険が迫っていると三好退蔵は思っていた。

三好退蔵が豊後佐賀関で漁船を雇って美々津に着いたのは、五月二十五日午後五時ごろのことだった。

高鍋藩の三逸材といわれた水筑弦太郎、鈴木来助、三好退蔵。勤皇の志士水筑は幕末に投獄されて病死した。詩を愛し、文武にたけた鈴木は北越の戦いで戦死した。ともに明倫堂で学び、剣術に励み、あすの日本を切り開こうとした親友たちはいまはもういない。

「賊名を受けるために維新を駆けてきたのではない。西郷が立ったのも、高鍋が出兵したのも理を通したからではない。情に流されたからだ」

日豊海岸を南下しながら、船上の三好退蔵はそう思っていた。

耳川河口にひっそりと入った退蔵ではあったが、まだ夏の口は高く、小さく波に揺られながら夜になるのを待った。舟子に手紙を持たせ、夜陰に乗じて美々津の商人備後屋渡辺喜平に届けさせた。渡辺はすぐに漁船のもとへ退蔵を訪ねてきた。

「けさ二百数十人が延岡へ出発しましたので、警備は手薄かと思いますが、船中は危険です。わが宅へお越しください」

その渡辺の勧めを受けて渡辺宅へ行くと、やがて甥の滝沢弘との面会をすることができた。

滝沢は三好の手を握って再会に涙を流したあと、

「退蔵さん、屈辱です」と坂田諸潔による仕打ちを嘆いた。

「状況は分かった。今後のことはまた連絡する」
退蔵はそう言い残すと、災いが渡辺喜平にまで及ぶのを恐れて早めに船に戻り、そのまま佐賀関へと脱出した。

旧家老など九烈士が監禁された籾蔵は現在、見学施設でもある黒水家家老屋敷隣に建っている

だが五月三十一日になり、西郷軍による美々津の漁船の取り締まりがあり、硯《すずり》の引き出しに隠していた退蔵の手紙が見つかってしまった。秋月種節、黒水長慥あてと渡辺喜平あての二通の手紙の差出人は、「渡辺三蔵」とあった。手紙の文面でそれが三好退蔵の偽名であることは判明され、ただちに手紙に出てくる者らは捕らえられた。

秋月種節、黒水長慥、手塚元吉、柴垣前定、荻原恕平、滝沢弘、横尾炳、竹原麻太郎、渡辺喜平の九人と佐賀関の漁師三人、福島士族の二人は舞鶴城島田門近くのもみ蔵を仮の牢として投獄された。

この九人はのちに「九烈士」と呼ばれる者たちで、出兵反対を主張し続けた高鍋きっての識者ばかりだった。西郷軍は昼夜六人ずつが交替でもみ蔵を監視した。このほか関係があるとして城勇雄、田村義勝、横尾栗、黒水長平ら明倫堂の優れた学者らも親戚預かりの処置を受けた。

このなかで入牢のときから健康がすぐれなかった秋月種節は六月二十三日、牢獄のなかで病死した。

「さくら花　霞こめても香ばかりは　都に送れ峰の春風」

先に高鍋隊の出兵が決まったとき、先君の墓前に秋月種節がささげた歌とされている。種節の長男は水筑弦太郎、二男黒水長平、三男秋月左都夫、四男鈴木馬左也。いずれも志高く時代を切り開く気概を持つことができたのは、自分の義を曲げずにその生涯を閉じた父種節の影響が大きかった。

一方、戦地の高鍋隊は、五月末まで日向と肥後国境の馬見原越えの間道を半月の間守備したあと、五ヶ瀬川を下って六月一日には日之影川の東岸に位置する竹の原の守備を命じられた。高千穂の三田井から五ヶ瀬川に沿って延岡に下ろうとする政府軍を側面から迎え撃つためだった。

だが六月二十五日、政府軍は予想に反して、背後から現れた。その地点に構えていた延岡隊は急襲を受けた形となって丹助岳へと退却。今度は高鍋隊が前面と側面から砲撃を受け、反撃しては移動し、深い山と谷を縫うような攻防が繰り広げられた。

七月四日、日向八戸の背後にある高塚山に陣をしいた高鍋隊は、ここを失えばそのまま西郷軍全体の崩壊も予想される重要な地点を守備した。急峻な山での戦いに補給の確保も難しく、弾薬、食糧も尽きはじめていた。

「弾丸が尽きたら、切り込むべし」

本営からの厳達に、全員死を賭した戦いを覚悟した。

朝七時には圧倒的に優勢な政府軍が、一斉にすさまじい銃撃を浴びせながら進撃してきた。必死に応戦していた高鍋隊も正午には弾も尽き、午後三時には右翼から崩れ始めた。三方面から政府軍兵士が群がるように進んでくる。進退谷《きわ》まった高鍋隊は、唯一の脱出口であった五ヶ瀬川を泳いで死地を脱した。だが、この戦闘で五人が死亡し、十人余りが負傷した。

翌五日には、連戦の苦労をねぎらうために本営から樽酒と牛肉が運ばれた。五ヶ瀬川沿いの攻防は道が狭く険しいために政府軍も容易に進撃することができず、また夏の豪雨も重なって一進一退の状況がしばらく続いた。

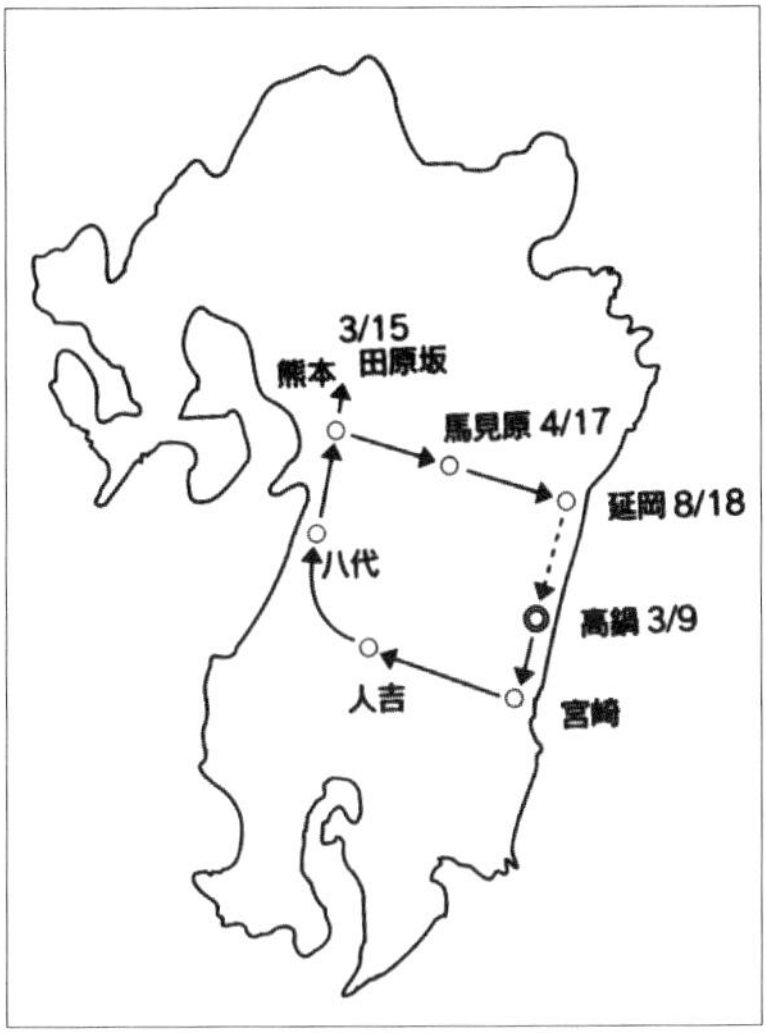

西南戦争・高鍋隊の行動

しかし八月十一日、政府軍は暁の霧とともに大攻勢をかけてきた。いったん退けば、そのまま延岡まで押し切られることは分かっていたので、西郷軍も懸命の抵抗をみせた。だが、政府軍の圧迫は衰えることはなく、やむことない砲撃と敵の突撃の嵐の前に総崩れとなった。

政府軍がそのまま延岡を陥落させたのは、四日後の八月十五日であった。傷つき、弾尽きた高鍋隊は同十八日、政府軍に降伏した。三月に田原坂で始まり、八月に延岡で終わった戦いの高鍋隊戦死者は七十八人におよんだ。

高鍋燃ゆ

日向の北の戦線で高鍋隊が苦戦をしているころ、日向の南の戦線でも激しい戦闘が繰り広げられていた。人吉を陥落させ、小林から宮崎へと追撃してきた政府軍は、八月一日、一ツ瀬川を挟んで西郷軍とにらみあっていた。一ツ瀬川を越えれば、いっきょに高鍋領内である。一ツ瀬川南岸に長く陣を構えていた政府軍の一部は、上流の穂北方面での渡河に成功した。茶臼原を通って一ツ瀬川北側にいた西郷軍の背後を襲った。

尾鈴山を北に望む黒々とした台地に鋭い喚声が響き渡り、銃声が木々の葉を揺らした。この突然の背後の敵に、西郷軍が浮足立ったのを機に政府軍はどっと一ツ瀬川を渡り、押し寄せてきた。西郷軍は総崩れとなって高鍋城下へと敗走した。これを追って政府軍は、牛牧から松本坂へ、新山・大平寺から舞鶴城へ、追分から水谷原へと台地を横切ってきた。海岸方面でも日置から雲雀山、海浜地帯を通って蚊口へとなだれこんできたのだった。

高鍋城下の北の入り口にあたる中鶴に住んでいた則松松太郎は、このとき少年だった。その記憶は鮮明で、こう書き残している。

――母親は八月二日午前一時ごろ都農から帰ってきた。役人の命令で西郷軍の負傷者を都農まで馬で連れていったのだ。深夜ではあるが、「パチパチ」という銃声と「ドーンドーン」という砲声が聞こえる。母親はぐったりと疲れていた。

夜が明けると、家が焼かれたときに馬の藁《わら》も焼かれると困るのでその藁を畑の方へ運んだ。水谷坂の方から西郷軍の兵士が五、六人あるいは七、八人と舞うように逃げてくる。政府軍の銃声はどんどん近づいてくる。「仕事をやめて早く飯を食おう」と母親が言った。僕は立ちながら杓子で飯をついでいると水谷坂の方から政府軍の弾が飛んできた。

家の入り口の竹林に弾が打ち込まれ、「カラカラッ、カラカラッ」と聞こえ出した。飛来する弾が少ないころを見はからって、飯を食わずに逃げ出した。兄は馬を引き出して土蔵の陰に弾を避けて立った。姉は飯かごを持って逃げた。近くの人らは地面に穴を掘り、古畳を屋根にして避難所にしていた。「こっちへ来い」と手招きするのでその穴へ潜り込んだ。

兄の馬が放たれて、近くの畑の大豆を食っていた。少年が馬を繋《つな》ぎにいくと「シュッシュッ」と弾が飛び交う音がする。「危ないぞ」と大人たちが叫んだ。

銃声もやみ、午後五時ごろ、「家に帰って畳を敷け。家も焼かず、殺しもせぬ」との布令《ふれ》が回った。帰ってみると近所の人が集まって、南の方を見ている。水谷坂では政府軍が撃ち方をやめて休憩していた。さっき、この兵隊たちが「ヤーッ」と声をあげて一斉射撃をしたという。下町の方から火の手があがり、空を覆うほどの炎と煙が見えた。行方が分からなかった母親も帰ってきた。逃げるときに白米を取りに帰り、そのまま子供たちを見失ったということだった。

家に帰ってみると、入り口の柱に炭で「第○大隊の○人」と大きく書かれてあった。政府軍の宿割だ。多数の兵士が来ると危険なので、母親は兄だけ家に残して、近くの山でその夜は野宿した。夜になって集落を見下ろすと赤々とたいまつが燃え、兵が呼び合う大きな声が聞こえた。

松本坂から高鍋城下に進んだ政府軍は、松本にあった高鍋隊軍事世話係の財津十太郎の家に火を放ち、小丸に出て、坂田諸潔の家と間違えて坂田仙助の家に火を掛けた。間違いと気づくと坂田諸潔の家のほか、舘野玄盛、岩下慎一、馬渡他人、吉田勝次の家に次々と火を放った。水谷坂からの一隊は下町を焼き払った。雲雀山からの一隊は、蓑江の大坪寛一の家に放火した。このほか田村浅巳や大砲製造場の鋳物師の家、小丸出口の茶屋などが次々と燃えた。

高鍋城下を焼く黒々とした煙は都農からも見てとれた。高鍋隊の指導部は美々津に退き、西郷軍の残兵も傷つきながら小丸川を渡って北へ敗走した。

日向参軍の坂田諸潔は、高鍋の本営を捨て去ろうとするとき、「投獄してある者らを皆殺しにせよ」と命じて北へと逃走した。

命令を受けた旧延岡藩士松崎進士は数人の兵を率いて、舞鶴城近くにあった仮牢のもみ蔵へと急いだ。すでに城下のあちこちで火の手が上がっている。筏橋を渡って、目の前に牢が見えたときであった。

突然、激しい銃撃が襲った。政府軍の一隊はすでに城内に入り、そこから一斉に撃ちかけてくるのだった。弾丸は高台の城の石垣から雨のように飛んでくる。牢に一歩も近づくこともできなかった。

「やむをえぬ、撤退じゃ」

松崎進士の声を合図に西郷軍の兵らは入牢者の抹殺をあきらめて逃げ去った。

政府軍の手により牢からは九人の旧高鍋藩の首脳らが救出された。外の空気を吸うのはほぼ二カ月ぶりのことだった。抹殺寸前での救出だった。

八月十五日、西南戦争最後の決戦ともいえる和田越の戦いが豊後との国境の山中で繰り広げられた。西郷自身が指揮をとった戦闘であった。西郷は飛び交う弾丸のなか不動のまま立って観戦した。翌日、西郷は各隊に解散を命じた。西郷が政府軍の包囲網をくぐって脱出し、鹿児島の城山に入ったのは九月一日のことである。

この最後の一隊には、高鍋からは坂田諸潔、財津吉一、団井忠人、坂田諸美がいた。藩主の家柄で秋月種樹の腹違いの弟である十二歳年下の秋月種事は、西郷とともに城山で戦死した。種樹が参戦を阻止しようとしたのに対し、高鍋で育った種事は西郷軍の参謀となっていたのだった。

城山での最後の戦闘のあと、坂田諸潔は降伏した。戦後に処刑されたのは、諸潔ら二十人にのぼった。

◇　◇

高鍋を二分した西南戦争は終わった。参戦派と反対派の対立も含め、深い傷跡を残した。千人近い出兵と七十八人の戦死者、二十人の処刑者。入牢された九烈士。城下は焼かれ、なによりも人々の心の傷は深かった。

一八八一（明治14）年、舞鶴城内に西南戦争記念碑が建立された。碑文を書いたのは西郷軍の坂田諸潔により迫害を受けた、参戦反対派の城勇雄だった。

碑文は、西郷を「義」として参戦した多くの人と七十八人の戦死者の奮戦をたたえた。互いに「正義」と思った道は異なったが、ともに自らの志に向かって生きようとした姿勢は同じだった、と述べた。そしてこう書かれている。

「義とするところの違う私と諸君がいつかあの世で会い、胸を開いて話し合ったら、理解し合い、許し合い、高笑いして済ますことができるだろう」

参戦した者もそれに反対した者も、「私」のために動いたわけではない。ともに日本の未来のためにと命をかけたのである。この碑文は、対立の融和を宣言したものだといわれている。

日本最後の内戦となった西南戦争の戦死者を祭ったその石碑はいま、生い茂った樹木の陰でこけむしてたたずんでいる。

第五章　三好退蔵

大審院判事

どこまでもどこまでも青い海が続いていた。

「もう五年になるのか」

船上で水平線を見ていた三好退蔵《たいぞう》は、月日の流れる早さに驚きながら、そんな思いを抱いた。このとき退蔵は三十七歳。大審院判事として、参議伊藤博文とともに欧州へ向かっていた。

高鍋を戦火で焼いた西南戦争から五年の月日がたっていた。あのとき、漁師に化けて美々津に潜入し、西郷軍から弾圧を受けていた旧高鍋藩首脳たちを救出しようとしたのが、ずいぶんと遠い昔のことのように思えた。

そのときの気苦労から退蔵の頭から頭髪が抜け、退蔵の額はやや上がっていたが、眼光は以前にも増して鋭くなっていた。

西南戦争で家屋の多くが焼かれ、人々の心もまた荒んでいたころ、「このままではいかん。高鍋の心の火が消えてしまう」とまず立ち上がったのは、退蔵の兄田村義勝《よしかつ》だった。

安井息軒の「三計塾」でも秀才といわれた田村義勝は、西南戦争翌年の一八七八年（明治11）に三好退蔵の旧宅を借り、青年教育の私塾「晩翠学舎《ばんすい》」を創設。かつての高鍋藩校「明倫堂」の伝統を受け継ぎながら、再び高鍋に文教の灯をともしたのだった。その塾には城勇雄ら明倫堂教授も講師として手伝った。

「少年、青年たちから未来へ突き進む気概を失わせてはいかん」

そんな思いがあったのかもしれない。

退蔵が欧州へ向かっている一八八二年（明治15）には、幕末から維新と政治の中枢で活躍した旧藩主で秋月家当主だった秋月種樹も家督を種繁に譲り、自分は高鍋に帰って高鍋中学で漢文や作文を教えていた。このとき種樹五十歳。かつては将軍徳川家茂や若き明治天皇の「侍読」として教えた天下の才人が、いまは高鍋の子供たちのために朗々と漢詩を読み上げる。故郷高鍋の復活を願う強い郷土愛が、それを踏み切らせたのだった。

高鍋の復興は、教育から起こっていた。

三好退蔵はそんな故郷の姿を力強く思い、そしてかつて「殿」と呼んだ種樹の心意気に感動しながら、「おれもしっかりせねば」と気を引き締めた。

「もう武力で国の政治が動く時代は終わった。新しい日本は法治国家として生まれ変わらねばならんのだ」

退蔵は海の風に吹かれながら、そうも思っていた。

今回の洋行は、ドイツの法制度を中心に三年間にわたり欧州の司法制度を調べることであった。このころの日本はまだ憲法も制定していない。欧米列強から蔑《さげす》まれないためにも早急な司法制度、特に憲法の確立が求められていた。

三好退蔵は一八四五（弘化2）年、田村極人質勝の三男として生まれた。儒学者の家柄である。幼いころは充太郎と呼ばれた。五歳のときに三好家長女の寿代の婿養子に入った。三好家は、もともと広島の三次郷が出身地で江戸時代前期に学者として招かれた。七代藩主秋月種茂の弟で米沢藩主となった上杉鷹山に訓戒の書を渡した三好善太夫もいる。

田村家も同じ時期に下野（栃木県）から招かれた学者の家柄。退蔵は幼いころから秀才の誉れ高く、明倫堂の試験では十二歳で無失点により白銀五両の賞金を受けた。その最年少記録は破られることはなかった。

高鍋藩江戸屋敷に出てからの退蔵は、安井息軒の「三計塾」、福沢諭吉の「慶応義塾」でさらに学識に磨きをかけた。三計塾では、飫肥藩の小倉処平、米沢藩の雲井龍雄など風雲の志士たちと熱い友情を交わす。幕末にはわずか二十三歳で高鍋藩の大目付に抜擢され、明治に入ってからは維新政府に出仕した。

司法省に入ったのは一八七三（明治6）年、二十八歳のころで、ちょうど西南戦争が勃発する一八七七年一月に大審院判事に。横浜裁判長、司法大書記官などをへて再び大審院判事になっていた。

明倫堂の学友であった水筑弦太郎は勤皇の志士として獄中で病死し、鈴木来助は戊辰の役の北越で戦死した。三計塾の友である小倉処平は「飫肥西郷」といわれながら西南戦争で自害し、雲井龍雄は新政府により反乱罪によって斬首された。

それぞれの目的は違ったにしても、熱い志を胸に青春を駆けた友は一人去り、二人去りしていた。

「あいつらの志はおれの胸の内に生きている」

退蔵はふとそう思うこともあった。

今回の洋行は退蔵にとって二度目である。一八七〇（明治3）年にロンドンに留学し、帰国後はその留学生仲間で「共存同衆」という組織を小野梓らとつくり、私擬憲法を提案することもしている。

「法治国家の確立」

それが退蔵の志のすべてであった。

伊藤博文に随行した一八八二（明治15）年から八五年まで三年におよぶドイツ、イギリス留学は、退蔵の信仰においても大きな影響を与えた。

ドイツ首相ビスマルクが伊藤博文、ドイツ公使青木周蔵をはじめとする日本団一行を晩餐会に招いたときであった。このとき、三好退蔵も一緒だった。食事を終え、話は政治、宗教の話題に広がっていた。

ドイツ滞在時の三好退蔵と妻の寿代

「日本のような仏教国で立憲政治が発達するかどうか疑問だ。インドや中国ではまったくだめだし、フランスのようなカトリックの国でも立憲政治はない。立憲政治が行われているのはイギリスとドイツだけ。両国はキリスト教のプロテスタントで建っている国だ。

もし日本が立憲政治国になりたいと思うならば、まずは宗教改革から始める必要はありはしないか。プロテスタントを入れてそのうえに立憲政治を行わなければ、砂の上に家を建てるようなことになるのでは」

鉄血宰相ビスマルクはそう言った。

退蔵と青木はこの話に深く感動した。二人はこのあとからベルリンのプロテスタント教会に出入りするようになり、イギリスに移動してからも教会に通い、この地で退蔵は洗礼を受けた。退蔵にとって、高鍋藩校明倫堂で受けた儒教の教え以来の大きな精神の変革であった。

伊藤博文との洋行から帰国後、退蔵は一八八六年（明治19）には司法次官に就任。一八八八年には再びドイツに派遣された。三度目の洋行である。伊藤は一八八六年に太政官制を廃止して内閣制を導入し、初の内閣総理大臣になった。閣僚の大半を薩摩と長州出身者が占める藩閥内閣だったが、最大の懸案だった憲法が一八八九年二月十一日に発布された。

このころ、政治の要職は薩長土肥の藩閥が独占していた。だが、三好退蔵がいた司法の世界は地味なこともあってか藩閥とは縁が少なく、むしろ小藩出身の俊英が集まっていた。頭脳明晰、豪胆な退蔵も高鍋藩出身ではあったが、一八九〇年には検事総長に就任した。そのとき、いまの最高裁長官にあたる大審院長は児島惟謙《これかた》。四国の宇和島藩出身であった。

司法部の者たちは何年もかかって欧州の法を学び、ようやく憲法を制定した直後だけに、法治国家としての日本の基礎を確立することに情熱を燃やしていた。退蔵もまたその一人であった。

だが、その翌年、日本中を震撼《しんかん》させ、産声をあげたばかりの日本の司法制度を揺るがす大事件が起きる。世にいう大津事件である。

大津事件

一八九一年（明治24）四月二十七日朝、長崎港沖にロシア帝国の六隻の艦隊が姿を現した。軍艦「アゾヴァ号」にはロシア皇太子のニコライが乗っていた。ニコライのいとこにあたるギリシャのジョージ親王も同船していた。

ロシアが建設しようとしていたシベリア鉄道のウラジオストックとハバロフスク間の起工式に皇帝アレクサンドル三世の名代として臨席する途中、ニコライは日本に立ち寄ることになっていた。

このシベリア鉄道は、極東へのロシア進出の足掛かりであることは明白だった。それは日本にとっても朝鮮半島に対する脅威として映った。当時のロシアは全世界の六分の一の領土を有し、陸海軍とも世界有数。特に陸軍は世界最強と言われていた。幕末には対馬の一部を占領されたことがある。明治に入ってもロシアの圧力による樺太・千島交換条約で樺太の占有をロシアに認めた経緯もあり、ロシアの南下策には日本は強い警戒感を抱いていた。

軍事力、国力とも巨人と赤ん坊のようなロシアと日本だった。「アゾヴァ号」などロシア艦が六千トン級なのに対し、迎える日本の「高尾」などが二千トン級の小型艦だったのは、ロシアと日本の力の差を象徴するようでもあった。そのうえに、欧州国家の皇太子来訪というわが国始まって以来の事態に、まるで元首を迎えるような国を挙げての歓迎態勢となった。

だが、皇太子来日にはロシアへの恐怖心を背景に不安な声が国内には充満し始めていた。

「ロシア皇太子は日本を侵略するための下準備として来たのではないか」

「天皇陛下にまずあいさつすべきなのに、旅行してから天皇に会うとは礼を失している」

そんな風評に加えて、ロシア一行が長崎から鹿児島に向かったために「西郷隆盛は実は死んではいなく、ロシアの軍艦に乗って生きて帰ってくる」というとんでもない風説が流れた。

そのことは新聞にまで掲載され、新聞記者は鹿児島まで走ったが、それはただの流言であった。だが、西南戦争で西郷軍と戦った政府軍兵士のなかには、うわさをまともに受けて「西郷が仕返しにきた」と不安を募らせる者も少なくなかった。

そういったさまざまな風評、流言がやがて大津事件の伏線となる。

ロシアの一行は鹿児島のあと五月九日、神戸港に入った。そこからは汽車で京都へと向かった。

皇太子の京都最終日の五月十一日朝は琵琶湖遊覧だった。京都の常盤ホテルを出発した特製人力車の行列は、大津町に到着してから三井寺を見学したあと美しい琵琶湖を汽船で遊覧した。天気も良いさわやかな五月の湖畔の風光を楽しんだ。

大津の滋賀県庁で昼食をとった午後一時過ぎ、人力車の行列は県庁を出発した。皇太子ニコライの車は前一人、後ろ二人の車夫が押していた。道路沿いの家々には国旗が掲げられ、提灯が風に揺れていた。たくさんの人が小旗を振り、皇太子も微笑みを絶やさずに楽しそうに往来を眺めて車の揺れに身を任せていた。

沿道には十メートル間隔で巡査が行列の方を向いて警備を固めていた。

下小唐崎町の路地に入ったときであった。

人々が次々とおじぎをし、巡査が敬礼をした。「カラカラ」と軽快な音を立てて、皇太子の人力車が通り過ぎようとした瞬間、敬礼をしたばかりの一人の巡査が突然に腰のサーベルを引き抜き、声もなく皇太子の人力車に走り寄った。

付近の道幅は大人で十歩ほどの狭さである。群衆が「あっ」と言う間もなく、巡査は皇太子に白刃を振り下ろした。

第一撃は皇太子の山高帽を飛ばした。巡査は無言だった。皇太子が悲鳴を発する暇もなく第二撃が振り下ろされ、その刃により皇太子の額から真っ赤な血が噴き出た。「アーッ」という叫び声を上げながら、皇太子は巡査とは逆側に人力車を飛び下りた。その直後、後ろから走ってきたジョージ親王が竹杖で激しく巡査を打ち、車夫が巡査にとびついた。

捕縛された巡査の名は津田三蔵。津藩（三重県）の旧藩士で、西南戦争では官軍兵士として勲章を受けていた。

「皇太子は将来の日本侵略に備えて地形を探っているに違いない。しかも国内に入りながら天皇に謁見しないのは無礼至極。生かして帰すわけにはいかない」

のちの公判で津田は、襲撃の理由をそう述べている。

西郷隆盛がロシアの軍艦に乗っているとのうわさにも、「もし本当なら、おれの勲章も剝奪される」とふさぎこんだこともあった。

事件発生の第一報が電報で天皇のもとへ知らされたのは、一時間後であった。天皇はすぐに宮内省侍医局長の池田謙斎と日向国出身で初代海軍軍医総監であった高木兼寛《かねひろ》に命じて、大津に向かわせた。二人はその日の夕には新橋駅を出発した。

高木は、一八四九（嘉永2）年に東諸県郡穆佐《むかさ》村に大工の子として生まれた。鹿児島医学校、英国留学で英国医学を学び、軍人の最大の病死原因であった脚気《かっけ》の予防法を確立した。ドイツ医学の陸軍を代表する軍医森林太郎（鷗外）と脚気原因を巡って激論を交わしているころでもあった。

高木が京都に向かっているころには、次々と閣僚が青ざめた表情で皇居に集合していた。東京の宮内省にいた検事総長の三好退蔵のもとへも早速、報告が届いた。

「皇太子のけがのようすはどうなんだ」

退蔵は広い額に困惑のしわを寄せて部下に聞いた。

「幸いにけがは浅く、自分で人力車に乗られたようです」

皇太子の傷は頭部右側に二カ所で、長さ七センチと九センチに達していたが命に別条はなかった。事件直後に汽車で京都に戻り、常盤ホテルで傷の治療にあたっていた。
翌日、日本を代表する医師である池田謙斎と高木兼寛が常盤ホテルに着き、皇太子の治療を申し込んだが、ロシア側の固い拒絶にあった。ロシア側の態度は硬直していた。

その日の夜、三好退蔵も京都へと向かった。

世界最強とさえ言われる国の皇太子を巡査が傷つけたことは、日本中をパニックに陥れた。事件直後の宮中での緊急の御前会議でも沈痛な空気が漂った。事件後のロシア側の固い態度も不安を助長させた。

「怒ったロシアが千島列島を賠償として求めてくるかもしれない」

「いや、もし傷が悪化して皇太子が亡くなるようなことにでもなれば日本に宣戦布告してくるであろう」

閣僚たちはそういう思いでいっぱいだった。松方正義内閣はまだ発足して五日しかたっていない。司法大臣山田顕義《あきよし》、内務大臣西郷従道《つぐみち》、外務大臣青木周蔵ら首脳はロシア側の領土割譲の要求も最悪の事態として意識せざるをえなかった。

天皇は事件翌日には京都に向かい、十三日に常盤ホテルで皇太子を見舞った。

その後は政界、財界、学界らの代表者はぞくぞくと見舞いのために京都に向かった。国中から見舞いの電報、書簡、品物が常盤ホテルに届けられた。見舞い電報は一万通を超えた。学校は謹慎の意をあらわして臨時休校になり、神社、寺院、教会は皇太子の治癒を願って祈禱を行い、芝居などの興行、吉原などの遊郭も休業した。歌舞、音曲が国中から消えた。

山形県金山村は、皇太子を切った津田三蔵とはなんの縁もなかったが、緊急村会を開いて、「本村住民は津田の姓をつけることを禁ずる」「本村住民は三蔵の名をつけることを禁ずる」との条例を決議したほどだった。

ある一人の女性は、京都府庁の門前でかみそりでのどを切り、自殺した。ロシアにわびるとともに命をかけて皇太子の帰国を思いとどまらせたい――との気持ちからの思いつめた行動だった。

全国民が深い憂慮の気持ちをこの大津事件に抱いていた。

天皇の謝罪の意味を込めた素早い行動や、全国民の皇太子に寄せる心情が伝わったのか、皇太子ニコライは「こんなけがは何でもない。この事件によって日本に悪い感情を抱くことはない」と好意的な対日感情の姿勢を貫いた。このとき、ニコライは二十二歳だった。事件から八日後の五月十九日、皇太子を乗せたロシア艦隊は神戸港を離れ、ウラジオストックへと向かった。

ニコライはこののち、皇帝即位後の一九〇四（明治37）年に日露戦争を迎え、一九一八年（大正7）には革命政権により射殺される。そんな数奇な運命をたどるとは、このときのニコライは予想もしていなかっただろう。

司法の独立

ロシア皇太子ニコライをサーベルで斬りつけた巡査津田三蔵は、大津に近い膳所監獄に護送され、事件の五月十一日夜から予審尋問が始まった。

明治憲法下での裁判は、通常の場合、地方裁判所でまず審理され、控訴があれば控訴院へ、さらに上告されれば現在の最高裁にあたる大審院で争われる。唯一の例外は、「皇室に対する罪」「内乱および外患に関する罪」「皇族の犯した罪」で、この三つは最初から大審院の管轄とされた。津田に対する予審尋問は、大津地裁の独自の判断であった。

皇太子来日前、日本国民がロシアに対して少なからぬ恐怖心、警戒心をもっていたことを心配したロシア駐日公使のシェーヴィチは、外務大臣青木周蔵とある密約を交わしていた。それは、もし万一でも皇太子が暴漢に襲われるようなことがあった場合は、「皇室に対する罪」である刑法一一六条を適用するというものだった。

刑法一一六条は、「天皇、三后（皇后、皇太后、太皇太后）、皇太子に対し、危害を加え、または加えようとした者は死刑に処する」という内容であった。だが、この皇室は日本の皇室を指すのは明らかで、刑法には外国皇室についての特別な条項はなかった。シェーヴィチと青木の、政治の世界での密約であった。

事件翌日の首相官邸での重臣閣僚の話し合いでは、総理松方正義以下、「ロシアから領土割譲など過大な賠償請求も憂慮されるので、津田は死刑にすべき」との意見が圧倒した。逓信大臣後藤象二郎と農商務大臣陸奥宗光は、「裁判が難しければ、金で刺客を雇い、津田を暗殺して病死ということにしてはどうか」とさえ言った。

だがそれは元首相伊藤博文から「主権のある国家としてそんな無法はできない」と一蹴され、青木からも「維新前なら妙案かもしれん」とさとされた。

外国皇室への特別な規定がないならば、それは一般人と同じ扱いをするしかない。刑法二九二条は、「予め謀り人を殺したる者は謀殺の罪となし死刑に処す」とあった。津田の場合は未遂であるため、最も重い刑罰にしたとしても、重労働が加わった流刑である無期徒刑であった。

司法大臣山田顕義は総理松方にこうこたえた。

「皇太子ニコライを日本の皇太子と同一のものとみれば、刑法一一六条の皇室罪が適用でき、津田を処刑にできます」

元老はじめ政府首脳はそこに意見の一致をみた。

だがそのころ、大審院では全く逆の意見で一致をみていた。

大審院長の児島惟謙は大審院の各部長と主な判事を招集して会議を開いた。津田の扱いについて協議した。

「天皇という称号は日本にしかない。外国皇室についての規定がない以上、一般人に対して危害を加えたとみるしかない」

その意見で合致し、お雇い外国人である国際法学者であるイタリア人のパテルノストロも「普通殺傷罪の未遂犯として扱うのが正しい」とこたえた。

司法省の高等官もまた児島ら大審院と同意見で、謀殺未遂罪を適用するしかないとみていた。

検事総長の三好退蔵は、憲法制定の準備から法律にかかわった人間であり、司法省のなかでも最も法律に精通した一人であった。

「刑法は罪刑法定主義に貫かれている。成文法の根拠なくして刑罰なしとの原則は守らねばならない」

そう考える退蔵は、刑法一一六条の皇室罪を外国皇室に適用するのは法を曲げることにほかならないと強く思っていた。

だが、総理松方は「国家が存在してはじめて法律が存在する。国家が存在しなければ、法律も生命はない」と考え、国家の危機を救うためには法律の解釈はともかく、津田の死刑しか道はないと思っていた。

司法部と内閣の意見の対立が深まるなか、退蔵は事件から三日後の五月十四日、京都離宮での御前会議に出席した。津田の処分については結論をみないまま十五日にも再度話し合われた。

総理松方以下、全閣僚と元老は「刑法一一六条の皇室罪をもって津田を処刑すべき」と口をそろえた。

意見を求められた退蔵は、ただ一人、反対意見を述べた。

「政治によって法律を曲げることはできない」

そう胸に抱く退蔵は、パテルノストロの意見を説明したうえで、

「刑法一一六条を外国皇室に適用することはできません。一般人に危害を加えた謀殺未遂罪で処罰するしかないと考えます」

孤立したなかでの懸命の主張だった。

居並ぶ閣僚がぶ然とし、あるいはムッと顔を赤らめるのが分かった。

「だが、言わねばならない。法は国家の精神なのだ。ここで政治の横暴を許せば、歩き始めたばかりの法治国家の理想は跡形もなく消えてしまうだろう」

そう決意している退蔵に向かって、伊藤博文は「もし無期刑にしたら必ずロシアはその代償として国土の割譲を求めるか、過大な要求を押しつけるだろう。それを拒否すれば戦争が起こるかもしれない。なんとしてでも死刑にしなくてはいかんのだ」と大声を発した。それに同調して外務大臣の青木も「日露関係が最悪の状態にならないように苦慮しているのだ。三好君、君が外務大臣になったらどうだ」と冷ややかな声を浴びせた。

こぶしを握ったまま退蔵は、グッと押し黙った。

退蔵の意見は圧殺され、会議は「ニコライ皇太子を日本の皇太子と同様にして刑法一一六条で裁判を行う」と決まった。検事総長という内閣への服従を義務づけられている行政官である退蔵は、それに従うしかなかった。

皇室罪で起訴された津田は、大津で大審院の判事により裁かれることになった。

東京に戻ると総理松方は、大審院長の児島を呼んだ。刑法一一六条による津田の処刑を求める松方に対し、児島はこう反論した。

「欧米各国の法律をみても他国の皇室に対する特別な法律はありません。この事件で刑法一一六条を適用したら外国の軽侮を受け、わが国の歴史の汚点となるでしょう」

児島の態度に大審院の姿勢を知った松方は、このまま大審院で裁判しても津田の死刑判決は出ないだろうと判断。審理にあたる七人の判事を説得するしかないと考え、強烈な圧力を司法に加えてきた。

松方と司法大臣山田は判事を個別に呼びつけ、国家の危機に直面していることを強調して「津田を死刑に」と説いた。判事たちの気持ちは大きく揺らいだ。

「裁判は裁判官が決することであり、外部が圧力を加えるとは何事だ」

この政府の司法に対する圧力に児島は激しい憤りを覚えた。

児島は意見書を書いた。

「刑法一一六条の皇室罪を適用することは国家百年の大計を誤るものであり、今回の事件で法を曲げることがあれば、各国からますます侮蔑されるだろう。法を曲げることは国家に不忠をなすことであり、それは天皇陛下の大権にそむくことになる」

児島は、この意見書を松方と山田にあてて送った。

さらに大審院長が裁判官に意見を主張するのは越権とは知りつつも、司法の独立を守るために七人の判事にも意見書を見せた。最後の抵抗であった。

こういった児島の説得が功を奏し、結局、判事の大勢は皇室罪適用に反対することで腹が決まった。判決の日は迫っている。

五月二十三日、児島は大津にいた。判決は皇室罪ではなく、謀殺未遂罪適用となることを内閣にあらかじめ知らせておく必要を感じた。判事たちの立場をいくらかでも軽くさせるためであった。

その日の深夜、児島は、同じ大津に宿泊していた三好退蔵のもとへ人力車を走らせた。児島は一連の経過を説明し、予想される裁判の結果を退蔵と連名で内閣に伝えたい、と述べた。

「裁判で皇室罪を適用して津田を死刑にすることはできない。死刑にしなければ国家の危機に陥るという万一の場合は、天皇による緊急勅令によって死刑にするしかないだろう」という趣旨の電文であった。

退蔵もそれに合意した。

司法の独立はなんとしてでも守らねばならない。だが、津田の死刑がどうしても国家のためにやむをえない場合は、法を超える天皇の大権である緊急勅令しかないだろうと考えたのである。

妥協の産物でもあった。

この電文に慌てた内閣は、緊急閣議を開いて公判の延期などを画策したが、退蔵はいたずらに延ばすことを拒んだ。内務大臣の西郷と司法大臣の山田が大津に乗り込んできて、「皇室罪を適用できないとはどういうことだ」と退蔵と児島を威嚇した。

「裁判のことは裁判官に任せるべきであります」

児島は言った。退蔵も黙ってうなずいた。

この言葉は、内閣と司法が厳しく対立した末の最後の結論だった。

判決日は五月二十七日だった。

検事総長の退蔵がまず起訴の趣旨を述べた。証人尋問、証拠物件の確認のあと、退蔵は刑法一一六条による処罰を求めた。それが退蔵の職務であった。

「この行為は謀殺未遂の犯罪であり、刑法二九二条により津田三蔵を無期徒刑に処す」

裁判長が判決を読み上げた。七人の判事全員が皇室罪適用を拒否し、一般人に対する謀殺未遂罪で処罰することに一致したのであった。

裁判の形としては退蔵は敗れた。だが、司法の独立が守れたことに心は晴れ晴れとしていた。

この時、退蔵四十六歳。高鍋藩から司法省入りして、十八年がたっていた。

日本初の人権闘争

判決後、無期徒刑の判決を受けた津田三蔵は、釧路の監獄に収監された。しかし事件から四カ月後の一八九一（明治24）年九月二十九日、急性肺炎で死亡した。

三好退蔵は一八九三年から司法の頂点でもある大審院長になり、一八九六年十月辞職して退官した。貴族院議員となる一方で、翌年には弁護士に。一八九九年には東京弁護士会会長に就任した。

だが、退蔵の人生は晩年になっても波乱に富んでいた。それは国家を揺り動かした足尾鉱毒事件凶徒聚《しゅうしゅう》衆罪の弁護であった。

足尾銅山による開発によって山林が伐採され、群馬、栃木県を縫って流れる渡良瀬川が一八九〇年、大洪水を起こした。銅山から流れ出た鉱毒が田畑を侵し、稲は育たず、井戸水も有毒で飲めないという深刻な事態に陥った。

足尾銅山鉱毒被害地の現地検証をした弁護士、新聞記者ら。前列2列目、左から4人目が三好退蔵（「足尾鉱毒事件・下」より）

農民たちは、栃木県選出の田中正造を中心に「押し出し」と呼ぶ集団請願を繰り返した。警察は力づくでそれを阻止し、そして一九〇〇（明治33）年二月の四回目の押し出しが官警の激しい弾圧を受け、五十一人の農民が刑法一三六条「凶徒聚衆罪」により起訴された。現行刑法でいう騒乱罪である。

公害、市民運動、人権闘争などさまざまな意味で足尾鉱毒事件は、日本の大衆の目覚めを象徴する大事件であった。三好退蔵は、東京弁護士会会長として関東の弁護士を結集させる一方で、自らも先頭に立って農民の弁護にあたった。

「農民はそれぞれの請願権を行使したもので、決して暴動の目的をもって集った団体ではない。請願は正当な権利行使であり、被告人らが凶徒に変わった証拠もない。本件はむしろ警察官の一方的な暴行によるものであり、凶徒聚衆罪は成立しない」

日本の人権闘争の一頁を飾る弁論を退蔵ら弁護団は繰り広げ、第一審判決（明治33年）は、有罪二十九人、無罪二十二人であった。

退蔵は、弁護士仲間や新聞記者らとわらじ履きで鉱毒被害地を丹念に歩き回る実地調査を繰り返している。

退蔵は控訴審でも中心となって弁護活動を継続。次のように弁論した。

「警官ははじめから凶徒聚衆罪で逮捕しようとして農民を挑発した。警官の暴力により生じた罪は、その罪を論ぜずとイタリア刑法にもある」

法律の精神に通じた退蔵の弁論は、この事件の核心をついたものだった。

その結果、一九〇二年の控訴審判決は、被告人五十人（第一審後に一人死亡）のうち有罪となったのはわずか三人で、残り四十七人は無罪という農民、弁護団の勝訴に終わった。

田中正造は退蔵のことを「義を知る人」と賞賛している。

退蔵は一八九九年から一九〇三年まで四期にわたり東京弁護士会会長を務めている。一年か長くても三年までが普通だったが、それだけ人望が厚かったのだろう。

退蔵はこういった法律家としての仕事のかたわら、クリスチャンとして東京の番町教会の設立（一八八六年）に中心になってかかわっている。津田塾大学創始者の津田梅子も設立者の一人だ。退蔵は何度も教会で演説をするとともに、教会を通して社会事業家留岡幸助、社会運動家片山潜らと交流を深めた。

一八九九（明治32）年には東京養育院感化部の設立に尽力した。長く司法の世界にいて「未成年者の犯罪が多い、なんとかしなければ……」と思い続けた末、英国の感化院を参考に寄付を募って実現したものだった。

幕末から西南戦争、そして大津事件と近代日本誕生の激動を生きてきた退蔵は、一九〇八年（明治41）八月十八日、宿痾の肺病がもとで世を去った。

葬儀では賛美歌が流れ、感化部の少年たちが涙を流した。新聞は「理想の司直官」と追悼し、「明治過去帳」は「明治の大岡（越前）」とたたえた。

退蔵が死んだ前日は北上する台風の影響で、関東では各地に落雷するという荒れ模様の天気だった。退蔵はその雷の音を聞きながら昏睡状態に入ったという。

遠く高鍋藩のころから嵐のなかを生きてきた退蔵らしい最期だった。

第六章　石井十次

祈りと実践の男

旧高鍋藩士の三好退蔵が検事総長として大津事件の裁判で奔走した一八九一年、岡山市では同藩出身の青年が無謀とも思える事業に挑んでいた。

大きな体とぎょろりとした目玉で事業に全力で突き進む男の名は、石井十次と言った。

同年十月二十八日、濃尾地方に大震災が起きた。悲惨をきわめ、被災地では無数の家屋が倒れ、多くの孤児が飢えと寒さに震えていた。このとき、十次は二十七歳。日本で最初の孤児院を岡山に開設してから、四年がたっていた。

岡山の橋の下にたむろする浮浪児二十数名を引き取って教育するなどで岡山孤児院の名は少しずつ知られるようになり、このころには全国から集まった孤児数は七十人ほどに膨れていた。だが経営の資金は教会からのわずかな寄付金が頼りで、これ以上、子供たちを増やすことは困難だった。

「無理は承知だ。だが、飢えている孤児らをこのまま放置できるわけがない。早速、現地に行くぞ」

思ったら、即行動するのは、この男の特徴だ。

早速、岡山英語学校生徒の応援を受けながら、「東洋救世軍」の名で被災地に入り、壊れた家屋や橋の下などで救済の手を求めていた孤児らを救出した。岡山孤児院の職員らは現地での救済作業とともに畿内、中国、四国に手分けして散り、募金活動に走り回った。同志社大学に在学していた、のちの日本救世軍創始者の山室軍平も手伝いに駆けつけた。孤児捜索は五十四日におよび、濃尾震災で救った孤児は九十三人。そのうち六十人は、名古屋の「震災孤児院」に収容し、残りは岡山孤児院で預かった。これにより、岡山孤児院はついに百人を超してしまった。

このころの十次のことを、のちに十次を補佐する高鍋出身の柿原政一郎はこう述べている。

「先生は何びともあきれるほど、難関にぶつかってゆくことを本願とした。常識や人の力では不可能と思われる問題に、特攻捨て身の戦法で突貫した。初めから終わりまで無理である。そしてその無理を貫徹した」

十次は孤児、貧児の救済の手を緩めることはなかった。岡山孤児院のことを「こじき小屋」と悪口を言う者もいたが、十次はいつも堂々と子供らの手を引き、正面を見て岡山の路地を歩いた。その姿に岡山の人々もいつか畏敬の念を抱くようになっていた。

「孤児を力の限り救い、そして自立のための教育をする」

それが十次の志であった。

石井十次は一八六五年（慶応元）、高鍋藩上江の馬場原《ばばのはる》で生まれた。家は高鍋藩徒士《かち》格という武士でも最も低い階級であり、田畑を耕しながら食を賄った。父万吉は身長一メートル八〇はある大男で筋骨隆々、資質も剛直で、西南戦争では出兵し、田原坂の激戦を経験している。田畑のめんどうをみていたのは母乃婦子で、男まさりの働きぶりや雇い人への親切な対応には村人も一目置いていた。

十次が八歳のころだ。村の祭りに十次は、新しい着物に手織りのつむぎ帯をしめてうれしそうに遊びに行った。仲間の子供らはみんなはしゃいでいたが、一人だけしょぼんとしている。その子は縄の帯をしていたので、みんなから仲間外れになっていたのだ。十次は、その子の縄の帯と自分のつむぎの帯を交換して一緒に遊び、縄の帯で家に帰った。十次は母にしかられるのを覚悟していた。

乃婦子は言った。

「それは、よいことをしたね」。目は笑っていた。

十次がのちのちまで記憶する母の優しさである。

十次は七歳から高鍋藩校明倫堂の後身である高鍋島田学校で学び、九歳からは父が県庁勤めになったため宮崎学校へ。宮崎県が鹿児島県に統合されて宮崎学校が閉鎖されてからは、再び高鍋学校（島田学校を改称）に通う。西南戦争のあと、十四歳で高鍋学校を卒業したあとは三好退蔵の兄、田村義勝が設立した晩翠学舎で漢学を学ぶ。

明倫堂の伝統である「知行一致」。志を立てたなら行動するという、人生の心構えをここでみっちりとたたき込まれた。

十次が十六歳のとき、友人と宮崎で酒を酌み交わしながら、時事放談となった。

「岩倉右大臣は樺太をロシアに渡したうえに、琉球をシナに奪われようとしている。このような軟骨漢は国家の中心とする必要はない。むしろ斬るべきだ」

興奮した十次はそのような檄文を書き、宿屋に残してしまった。それが警察の手に渡り、逮捕されたことも。ただの放言と分かり無罪放免となったが、獄中で西南戦争を引き起こした鹿児島の私学校党員と知り合い、西郷隆盛に傾倒する。

感激、即実行――。九州的といえるこの性格だが、十次は極端だった。

晩翠学舎の師である城勇雄は十次のことをこう評した。

「石井は確かに変わり者だ。よく変われば大変よくなり、悪く変われば大変悪くなる。善にも悪にも極端に走る注意人物だ」

十八歳で宮崎警察署に雇われていたときには、友人の妹が娼婦になっていると知るや、金を借り集めて身請けし、国元に帰している。そんなことをしながら、自分は性病にかかってしまった。

十次は宮崎で医者をしていた高鍋出身の荻原百々平《とどへい》のもとに治療に通った。

「君は性病の原因について反省してみよ。その原因は君の精神的欠陥だということを知るだろう。つまり性病は心病なのだ。心病の良薬は漢方でも西洋医学でもない。それは聖書である。信仰である」

キリスト教の賛成者である荻原はそう説いた。心身ともにまいっていた十次は、深く感動してクリスチャンとなり、荻原の「君は医者になれ」との勧めにしたがって、岡山甲種医学校を目指す。

一八八二（明治15）年九月、多感、血気の十八歳の十次は岡山甲種医学校に入学した。

それから五年、十次は医学校の卒業直前、医師の代診として岡山市近くの邑久《おく》郡大宮村上阿知の診療所に勤めることになった。持病の頭痛の療養と医学の実地研究を兼ねたものだった。

一八八七（明治20）年四月二十日の朝のことだ。診療所の隣に小さな茅葺きの大師堂があった。四国巡礼の者などが三、四人は泊まれる小屋であった。十次はいつものように巡礼者に飯でもあげようと思って立ち寄ると、二人の男女の児童がぼう然と立っていた。

兄は八歳、妹は五歳。十次は飯を与えて帰ったが、そのあと母親が診療所に尋ねてきた。飯の礼を言ったあと、身の上話を始めた。四国巡礼の途中で夫と姉娘を熱病で亡くし、こじきをしながら郷里への途中ということだった。

「もし私一人か子供一人連れなら人に雇われ、洗濯の仕事でもしながら生きていくことはできるでしょう。だが、二人の子供を連れていてはだれも雇ってくれません。かといって子供を手放すこともできず、こうやってこじきをしています。初めて会った方なのにご無理とは思いますが、この兄の定一だけでもお世話なさってくださるわけにはまいりませんか」

母親は涙で目をうるませながら言った。

「分かった。それでは定一だけはもろうてあげるから、母子はよそへ行って身を立てなさい」

十次はきっぱりと言った。このとき、十次二十三歳。人生の大きな転機を迎えた朝であった。

この母子は一週間ほどしてこの地を離れ、郷里で農家に嫁いだ。

十次は思った。「孤児を救うのは、ただ子供一人を救うだけではない。一人を救うことで母子三人を救うことになった」と。

十次の孤児救済事業のはじまりだった。この地で十次はさらに二人の子供を預かることになる。

岡山に戻った十次は、三友寺《さんゆう》の一部を借り受け、「孤児教育会」を設立する。孤児に教育を与えたうえで、養成した青年を九州か北海道の地に移住させて牧畜、養蚕などの事業を行わせるという方針を立てた。その一つの着手として、父らの協力を得て、高鍋の西に広がる茶臼原《ちゃうすばる》台地の買収を始めた。岡山では安部磯雄、炭谷小梅らも応援した。

孤児教育会を始めてからの一年半は医学校に通いながらの孤児救済であった。高鍋の両親が医学修了を待ち望んでいるからだった。周囲の者も医学をやめることには反対していた。

だが一八八九（明治22）年一月十日、十次は六年間学んだ医学書を三友寺の庭に積み、それに灯油をかけて火をつけた。

驚いた妻品子《しなこ》は炭谷小梅に知らせて、十次の行為をやめさせようとした。協力者の一人は父万吉に「十次は気が狂って医学書を焼いた」と電報を打った。

十次の決意は、「人は二人の主につかえることはできない」という信仰の教えに従ったものだった。医学の修業と孤児救済という「二人の主」のうち、孤児救済という至難の道をあえて選んだ。

「福祉」という言葉もない時代のことである。

〝孤児の父〟石井十次

この日から、十次は身なりも変わった。洋服を和服の着物に替え、分けていた頭髪は丸刈りにした。日向の少年時代の身なりと同じだ。一から出直す気持ちだった。

十次の決断に周囲はもうあきらめるしかなかった。

明治の文豪である山路愛山は、十次に

ついてこう語った。

「石井君は日本精神に徹した日本男児で、明治維新の志士たちと同じ性情の持ち主だった。言う事、なす事が憂国の士だった。それがキリスト教を信仰し、いっそう滅私没我の生涯を築いた」

明倫堂の伝統を持つ高鍋での教育の「仁」の優しさ、「義」への厳しさ、そしてクリスチャンとしての博愛主義。

それらを胸に秘めた十次は、「人間愛」の志士として孤児救済に人生をささげる決意をしたのだった。

孤児の父

石井十次と内野品子が結婚したのは、一八八一（明治14）年のことで、十次十七歳、品子十六歳の若さだった。二人に最初の子供が生まれたのは一八九〇年。長女は、「孤児の友たる子」という意味で友子と名づけられた。

一八八七（明治20）年に最初の孤児の前原定一を預かって以来、孤児院内では十次のことを「先生」と言っていたのが、友子が生まれてからは「お父さん」となり、

「奥様」と言われていた品子は「お母さん」と呼ばれた。友子も物心つくころから、ほかの孤児たちと一緒に遊び、学んだ。

岡山孤児院独特の大家族主義である。

家庭愛に飢えていた子供たちは、感動でいっぱいになって「お父さん」「お母さん」と呼んだ。子供たちが数百人に膨れてからは、いくつかの班に分かれ、保母を中心に一つの家族のように同じ塾舎に住み、食事をした。最も家庭に近い形にしたのだった。

「満腹主義」も岡山孤児院の特徴だった。食料を制限することなく、それぞれの子供がおなかいっぱいになるまで食べさせた。最初は驚くほど食べていた子供たちも、おなかが膨れるほどに気持ちも安定するのか、あるいはその逆なのか、食事の量は気持ちが落ち着くとともに減っていった。

一方で、子供たちを自立させるために、孤児院内には米つき部、理髪部、マッチ部、製粉部、鍛冶部、大工部などがつくられた。十次が信奉する「労働自助主義」である。

全国から集まる孤児や貧児たちは、それまで荒んだ暮らしをしていた子供が多く、盗癖など悪癖を持つ子が少なからずいた。十次は「非体罰」を貫いた。最初は体罰をすることもあり、食事を減らす罰もしたが、効果は上がらなかった。

「教師が鞭《むち》を上げれば、生徒はうそを語る」との西洋のことわざの通りだった。

非体罰を貫くかわり、子供に祈りと善の説教や訓話を繰り返す「米洗い主義」と子供と一対一で密室で話し合う「密室主義」を行った。

米洗い主義を問われて、十次はこう答えている。

「米を何度も何度も研ぐうちにヌカがとれてしまう。それと同じように祈りや説教がすぐに子供たちに効くわけはないが、毎朝繰り返していくうちにいつとはなしに心に善良がなじみ、やがて習慣になる」

十次は朝の集会のあと、年長の子供を一人ずつ呼んで密室で対座し、三十分から長いときは一時間、二人きりで話し合った。聖書の話をすることもあった。子供たちは「お父さん」に心のなかを語り、悩みを漏らした。十次もほかの子供や職員がいないからこそ、その子の悪癖などをただしたりした。時間と根気のいる教育であったが、効果は大きかった。

そして教師、職員には子供に口でどなって掃除などをやらせるよりも、まず教師、職員が黙って実行することを求めた。「子供は言うようには為さず、為すようにする」という実行主義である。

独創的なやり方で孤児院の教育が軌道に乗る一方で、十次は大自然のなかで子供を伸び伸びと育てるルソーの「エミール」の教育場を理想に描いた。成長した孤児らは農業で自立できる。そこで茶臼原に購入していた六十ヘクタールの土地に孤児の一部を移動させ、開拓を始めた。理想的な農村共同体を建設しようというものだった。

濃尾大地震の被災者の孤児を救出し、岡山孤児院の名は全国に知られるようになる。赤十字社総裁の小松宮彰仁親王が岡山孤児院を訪れたのもそのころだった。このとき、小松宮殿下は皇族の最長老であり、陸軍の最高官であった。岡山ではほかの小中学校ではなく、あえて孤児院を選んで視察した。しかも大雨のなかであった。

十次はクリスチャンではあるが、明倫堂の教育の影響を受けたこともあって尊皇思想が強かった。感激した十次は、高鍋にいる父万吉に知らせると、医学放棄を許していなかった万吉もようやく十次の事業を許し、応援をするようになる。

収容する子供の数は増えるが、経営は子供の労働で足りるわけがなく、全国に寄付を募らねばならなかった。そこで登場するのが楽隊をともなった音楽幻灯会だった。

制帽に七つボタンの孤児らの楽隊がトランペットやクラリネットで音楽を奏でた。スクリーンには孤児院での子供たちの祈禱のようすや理髪部、活版部の子供の労働のようすが鮮やかに写し出された。十次は壇上に立ち、大声で孤児救済の募金を観衆に説得した。人々はどよめき、大阪でも京都でも大成功をおさめた。

生涯の友であり、最大の支援者となる実業家大原孫三郎＝倉敷紡績社長＝と出会ったのもその音楽幻灯会がきっかけだった。大原孫三郎は十次の迫力に息をのみ、一目で男惚れしてしまった。

十次は気性の激しい男だ。聖書を読むときも、指をかんだ血で感動した文章に線を引く。大原孫三郎はその激しさと一途さに惚れてしまった。

大原孫三郎と初めて会ったとき、十次は言った。

「激しい心でやらなければ、何事も成功しない。大胆のなかに妙法あり。これが私の信条です。人間の最大要素は胆力です。人物の大小は肝の大小を言う」

大原孫三郎は、その言葉に圧倒された。

ジャーナリストで国民新聞社社長の徳富蘇峰《そほう》もまた、十次の言葉に打たれ、熱烈な支援者となる。

音楽幻灯会は東京では千二百人を集め、全員が総立ちをして十次の功績をたたえた。国内のほかハワイ、台湾、韓国、中国にも岡山孤児院の演奏隊は出掛け、その結果、孤児院の賛助会員は一万人を超えるに至った。

十次は時代の寵児《ちょうじ》となった。

各大臣が先を争うように孤児院を訪れた。さらに一九〇四（明治37）年からの日露戦争では、戦争孤児を救済。しかも無制限で孤児を収容した。

そのことも高く社会的に評価され、天皇皇后の恩賜金二千円に加え、宮内省は明治三十八年、岡山孤児院に十年間にわたり毎年千円の下賜金を与えることにした。

日露戦争が終わった一九〇五（明治38）年秋、東北地方は大凶作に見舞われた。特に福島、宮城、岩手の三県は深刻な被害を受け、冬から翌年の春にかけ困窮した農民は子供を捨てたり、売るという惨状となった。

十次は翌年、現地を調査したうえで三県の知事と会い、孤児救済を約束した。福島、仙台、岩沼の三カ所に孤児救済所を設け、その統括する事務所を東京に置いた。岡山では救済所から送られる戸籍謄本の写しで学籍簿をつくって準備した。身なりもボロボロにやせ衰えて送られてきた子供たちは、すぐに孤児院内の宿舎に割り当てられ、翌日には教育を行った。

東北から引率してきた者らは、その手際の良さに目を見張った。

第一回の東北からの救済児二百四十二人は三月二十四日に岡山駅に着いた。病気で弱っている子供はすぐに病室に運ばれ、ほかの子供は理髪、入浴、更衣などを済ませて、各塾舎に入舎した。

東北からの岡山孤児院への子供の収容は六回にわたり、計八百二十三人に達した。それまでの収容児童を合わせると、児童数は千二百人になり、院内の建物の数も七十棟に上った。

十次はその年の十二月、東京歌舞伎座で慈善演劇を開き、一万四千円の収入を上げた。だが同年末の収支では九千八百円の赤字に。無制限収容はじりじりと孤児院の財政を圧迫し始めていた。

一九〇七（明治40）年は、十次が最初の孤児を預かり、孤児教育会を発足させてから二十周年の節目の年である。豪雨のなか、記念式典が盛大に岡山孤児院で開かれた。翌日、国民新聞に徳富蘇峰は十次について次の記事を載せた。

「実に人の一念ほどおそろしいものはなく、人の一心ほど貴きものはない。石井十次なる、名もなく、金もなく、ただ信念以外に何物も持たない医学生が、岡山県の片田舎の大師堂で一人の孤児を拾い上げてから二十年、いまでは千二百人に達した。石井その人のごときは、何物も有せずして、ほとんどすべての物を与えんとする者である。一念の欲するところ必ず方法あり。一心の動くところ必ず同情あり。信仰の凝るところ必ず天佑あり」

そして十次を「孤児の父」と呼んだ。

一方、大阪でも十次は児童福祉のために新しい事業を展開しつつあった。高鍋の先輩でのちに警保局長となる鈴木定直が大阪府の警察部長をしていたころ、十次にこんな相談をもちかけたのがきっかけだった。

「大阪の多くの橋の下や場末には浮浪児が二千人以上いる。なんとかこの子らを救う道はないだろうか」

十次は早速動いた。大阪のスラム街の真ん中に、ペストが流行したときの発病の場所という古い製材所があった。だれも近づきもしない場所だったが、十次はそこを借り受けると修理し、浮浪児が勉強できる夜学校と大阪で最初の保育所を開設した。

全く学校に行ったことがない浮浪児の向学心はすさまじいものがあった。開校時から満員となり、読み書き、そろばんに子供たちは懸命になった。乳幼児を預ける保育所も労働に追われる母親たちに大きな感動で迎えられた。さらに日本橋同情館を開設。貧しい人らの生活相談や職業紹介などの活動に乗り出した。

理想の国

十次の困難を恐れぬ実行力は驚異的であった。だが、その行動を支える財政は年々厳しくなっていた。千二百人の孤児を抱えながら、年間の定まった収入は賛助金の二千円。しかし支出は十万円にのぼった。寄付金を募っても追いつかず、一九〇七年には負債は八万三千円に達していた。緊急の対策が必要だった。

一九〇八（明治41）年になると、十次の持病の慢性腎臓病が悪化し、視力障害を引き起こすに至った。難病と闘いながら十次は、二百三十ヘクタールまで買い進めていた宮崎県の茶臼原への全面移転を決意した。広大な田畑により食うことには困らず、年長児は農業者として自活の道も開けると考えたからだ。

「アヽ美なるかな日向の地……」。石井十次の「帰国途上の所感」の石碑（高鍋高校）

十次は孤児院の運営を軌道に乗せる一方で、茶臼原の一部開拓を始めた一八九四（明治27）年三月、こう日記に記している。

「アア美なるかな日向の地、予は実になんじを愛す。アア壮なるかな太平洋、予は実になんじを愛す。南北四十里、東西二十里なる日向の原野よ、なんじは予らイスラエルのために備えられたる『カナン』にあらずや。人間はその境遇によって教育せらるるものとせば、なんじ高鍋よ、なんじは予が理想的人物を養成するにおいて、最も適当のところなり。アア美なるかな尾鈴山、アア壮なるかな太平洋」

青年のころから故郷高鍋に寄せる熱い思い。岡山孤児院の決戦場として十次は茶臼原の地を選んだ。

「わしの命のあるうちに茶臼原移転を実現させたい」

孤児院の財政の再生をかけて、十次は強くそう思った。

岡山で築いたものを高鍋に移すのには反対意見もあったが、強い十次の意志を感じた孤児院の支援者らも賛成した。

一九〇八(明治41)年、大移転に着手した。塾舎も学校も職員舎も解体すると船で運搬した。高鍋の蚊口浦に着くと、そこから茶臼原までの悪路の八キロを荷馬車で運んだ。材木はもちろん、瓦も石も岡山から運び、それを組み立てた。原野だった茶臼原の地に数十棟の塾舎、学校が出現した。

広々とした山野での岡山孤児院の再スタートとなったが、盲点だったのは日向の暑さだ。「よだきー」という方言にみられるように、やる気が失せる風潮も見られたので、十次は職員、児童に「よだきー」精神の追放と禁止を訓戒している。

子供たちは田畑に出て、太陽の光をたっぷりと浴びて耕作をした。子供らの顔も生き生きとしてくるようだった。二宮尊徳の教訓から「鍬鎌主義」といった。それは、ルソーにも大西郷にも一致し、キリストにも近づくものだと十次は思った。

「寄付金に頼らずに、労働により孤児院の自活を目指したい」。そう念願する十次は、日記にこう記した。

「茶臼原に鍬鎌主義を実行し、理想の国を建設すべし。理想の国とはなんぞや。一、私心私欲なき者の国。一、私有財産なき国。一、国民はことごとく鍬鎌主義をもって労働する国。一、神様を中心とする国」

ここには十次が描いた理想の国があった。

そして一九一一年、内務省主催の救児事業関係者協議会で十次は断言した。

「今後、労働自営を本位とし、寄付金を募集せず」

全国の孤児院では十次が始めた慈善音楽会の募金活動が広がっていただけに、ほかの参加者は驚愕した。

大胆のなかに妙法あり——。十次の戦いはとどまるところを知らない。

岡山からの移転は五年かかって、一九一二年（大正元）、完了した。

翌年の紀元節の日（二月十一日）、十次は「茶臼原憲法」を発表した。
一、天は父なり、人は同胞なれば、互いに相信じ、相愛すべきこと

一、天父はつねに働きたまう、われらもともに労働すべきこと
一、天恩に感謝のため、われらは禁酒禁煙を実行し、収入の十分の一を天倉に納めること

しかし、理想の国をつくるには十次には時間が残されていなかった。茶臼原憲法を発表してから間もなく、十次の病気は悪化の一途をたどり、十月には床についた。危篤のまま新年を迎えた。

一九一四（大正3）年一月六日夜、十次は「みんなに遺言をしたい」と言った。孤児院の職員や近親者百人ほどが静かに床のそばに集まった。

十次は言った。

「僕がこの世を去っても、みんな一人一人が石井となって働いてくれれば、それで満足である」

そして一人一人の手を握った。開拓村の人々には「正直に働け」「本気にやれ」などとそれぞれの人に合った言葉を残して、昏睡状態になった。

一月二十八日、突然のように十次は起き上がった。病状はうそのようにない。機嫌もすこぶる良く、腕車に乗って孤児院内、そして茶臼原一帯を走り回った。みんなは

奇跡的に回復したと思って歓喜で人々が支える腕車を迎えた。

喜色満面の十次は大声で大好きな都々逸《どどいつ》を唱えた。

「鮎は瀬にすむ　鳥は樹にとまる　人は情けの下にすむ」

その夜、苦痛とともに再び十次は病床についた。

臨終が近かった。一月三十日午前十一時、思いがけない吉報が届いた。長女友子が長男を産んだのだった。画家児島虎次郎との子であった。

「安産、安産」。義弟が十次の耳元でささやいた。わずかに十次がうなずいた。一九四七（昭和22）年、戦災孤児を救済しようと十次の遺志を継いで石井記念友愛社を設立するのが、このとき産まれた男子であった。

十次はこの日の午後二時、永遠の眠りについた。人間愛の火の玉のように生きた生涯だった。

◇　◇

十次の葬儀は茶臼原の静養館前庭で盛大に行われた。三千人が列をなしたという。

徳富蘇峰は最大の賛辞で十次を追悼した。

「石井君の人格を支えたのは二つの柱だった。一つは鉄をも溶かす情である。一つは山をも動かす意志の力である。何をなすにも『わたくし』というものがない。愛情の倹約ということを知らない人であった」

そして「天成の好男児」という言葉を贈った。

日本の児童福祉の先駆的な役割を果たした岡山孤児院は一九二六（大正15）年、茶臼原の地で解散した。石井十次という巨人の人格によって生まれ、生きただけに、その死とともに使命を果たしたかのように消えたのだった。

第七章　秋月左都夫

烈　士

石井十次が医学書を焼き捨て、孤児救済に生涯をささげようと決意した一八八九（明治22）年の夏のある日、東京の黒田清隆の首相官邸に一人の男が現れた。

「総理に面会したい」

身元不肖の男はそう言った。

応対のため玄関に出てきたのは、大久保利道の二男で、総理秘書官であった牧野伸《しん》顕《けん》だった。

牧野は不審な気持ちでその男をじろりと見た。玄関に立つ男は、頬骨は高いが、顔つきはいやしくはない。むしろ面魂は、志士を思わせる烈々とした意気を感じさせる。

「何の用で来たのか」その三十歳前後の男に尋ねたが、ただ「総理に取りついでもらいたい」としか言わない。

「総理の都合も聞かねばならない。貴公の住所は」

牧野がそう聞くと、男は「住所はない」と言い捨てた。

その年の冬には文部大臣森有礼が刺されるという事件があったばかりだ。男の目は細くて優しそうだが、底光りしている。

「油断はならぬ」。牧野はそう思いながら、男と問答を交わしているうちに意外なことが分かってきた。

男は高鍋藩出身の秋月左都夫《さつお》。外務省の官費留学生としてベルギーにいるはずだった。

「貴公はなぜここに」。男が日向の出と知ると、身内のような気がしてきた薩摩出身の牧野は興味半分に尋ねた。

「私は大隈重信外相の条約改正方針には絶対反対だ。ベルギーにいても憤まんやるかたなく、じっとしておれないので無断で帰国し、今、横浜から着いた。だから住所は不定。是非とも黒田首相に会って、反対意見を申し上げたい」

牧野はあきれてしまった。官費の留学生が無断で帰国したことも乱暴だし、首相に直接意見を言いたいというのも常軌を逸している。気負ったまま突っ立っている目の細いその男を見ていると、牧野は思わず噴き出してしまった。

それにつられて笑みがこぼれた左都夫は、このとき三十二歳だった。

明治初期の日本外交の最大の懸案は、幕末の開国時に欧米列強と結んだ不平等条約の改正だった。この条約では、日本国内で罪を犯した外国人が日本の裁判で裁かれないという治外法権を強いられ、関税自主権もなかった。列強の圧力と当時の幕府の無知のためであり、日本にとって屈辱的な内容だった。

「外交官になって不平等条約を改正したい」

それが、左都夫の志である。外務省に入ったのもそのためだし、総理に面会を求めるというむちゃな行動をとったのもその熱い思いからだった。

外相大隈重信の改正案では、新条約に外国人の裁判官を日本の裁判所に用いるということがイギリスの新聞ロンドン・タイムスで暴露され、日本国内でにわかに反対運動が巻き起こっていた。

「外国人の裁判官を用いたら、治外法権となんら変わらん。日本の法は日本人によって裁かれねば」

その報道を知ったとき、左都夫ははらわたが煮えかえるような思いがし、そのまま帰国をしたのだった。

官費留学生が政府を弾劾するために無断で帰国するという前例のない事件に、外務

省では左都夫を辞めさせようとの意見もあった。だが、のちに首相になる薩摩出身の実力者松方正義が、

「おもしろい快男児ではないか。それくらいの男でなくては役に立たん」

とポケットマネーでベルギーへの旅費を出すことになり、そのまま外務省内でも何も言う者はなく、左都夫は何事もなかったかのようにベルギーに帰った。明治の官僚というのは、まだ侍の気風が残っていたのだろう。

左都夫のベルギー留学は、一八八五（明治18）年から一八九〇年の五年間だった。帰国したのち、三島通庸《みちつね》の長女園子と結婚した。三島は、薩摩出身で「鬼県令」とも言われた。福島事件のように議会の反対を無視して反対派を弾圧し、道路開発などの公共工事を進めるといった強引な手腕で知られた。

園子の妹は首相官邸で妙な出会いをした牧野伸顕に嫁いでいたから、奇遇にも左都夫と牧野は義兄弟となり、終生の友となるのであった。

四哲の三男

「烈士」のような秋月左都夫の精神の骨格をつくったのは、父や兄など家族の影響

であり、少年時代を過ごした高鍋藩校明倫堂であった。

左都夫は、一八五八年（安政5）、高鍋城下の横筏で生まれた。幼名は六三郎。父は秋月種節《たねよ》。幕末の高鍋藩家老で、西南戦争では西郷軍への出兵に反対した「九烈士」の一人だった。その九人のなかでも最も高齢で、獄中で病死した。

西郷軍への出兵反対を藩内で唱えたのち、最後の藩主の墓を詣でて、「さくら花霞こめても香ばかりは　都に送れ　峰の春風」と詠んだ。死を覚悟していたといわれている。

母は久子で鈴木百助の娘だった。鈴木家には「訓《おし》え文」という子を教えるための家訓がある。例えば、「志を養うのが第一であり、体を養うのは第二である」「文武は鳥の翼のように両方必要であるが、武は一人にする業、文は国家天下を治め、万人を征する業であるから、まず文を第一とし武を次とすべき」「学問は身になる学問でなければ役立たぬ」「古今東西の学問をしても忠孝の道を行わねば、無学の者にも劣る」などとしている。

久子もその影響を受け、子供の教育には力を入れた。

種節と久子の間には、四人の男子が生まれた。長男は水筑弦太郎《みずきつるたろう》、次男黒水長平、三男秋月左都夫、四男鈴木馬左也。それぞれ姓が違うのは、養子にいったためだ。

のちの世で「四哲《し》」と呼ばれる兄弟である。長男の弦太郎は、勤皇の志士だった。幕末に薩摩江戸藩邸が焼き打ちにあったとき薩摩藩士を連れて逃げる途中に捕まり、江戸伝馬町の獄で病死した。三好退蔵や戊辰の役の北越の戦いで戦死した鈴木来助とともに高鍋藩の「三逸材」と言われた人物だった。

二男の長平は、誠実の人であった。生涯を高鍋で過ごしたが、クリスチャンで、石井十次を支援したほか県内の養蚕業の振興に大きな功績を残した。〝無私〟という姿勢を貫いた人であった。のちに左都夫は兄長平についてこう言っている。

「自分と馬左也が遠国に遊学するときなどには、兄はいつも消極的で奮発心が足りないと思うこともあった。だが、人間的な人柄からみて、自分などの遠く及ばない兄であった」

そういう両親、兄たちに囲まれ左都夫は八歳のときに明倫堂に入った。国学、漢学のかたわら英語も学んだ。明治二年には左都夫より三歳年下の馬左也も入学した。明治五年の学制改革で明倫堂は廃校になるが、そこで十五歳までの多感なころを過ごした左都夫は、馬左也とともに明治六年から鹿児島市の鹿児島医学校に入った。

父種節は、縁戚の三好退蔵が司法の勉強で洋行したのを聞き、「左都夫、馬左也らもこれからは洋書を原書で読み、洋行するぐらいでないといかん」と思っていた。

漢学、国学なら高鍋でも優秀な教授はいたが、洋学は英国人のウイリアム・ウイリスが設立した鹿児島医学校が南九州では最適と考えた。二人は医学よりも英語学習が目的だった。父は「鹿児島は気の荒いところだから」と兄弟に小刀一本ずつを手渡して送り出した。

だが、鹿児島医学校は長く続かず、その年末には馬左也が高鍋に帰ると、左都夫も退学した。勉強のかたわら父が廃藩置県後に営み始めた醸造業の「最中《もなか》屋」を手伝った。

そして一八七六（明治8）年の十八歳のとき、司法省法学校が第一回の入学生を募集した。予科四年、本科四年の八年制で、主としてフランス語を学び、フランスの教材で法律、経済などを学ぶ学校だった。費用が官費というのも魅力だった。生徒百人の募集に千余人が受験し、左都夫は難関を突破。翌明治九年の七月に入学した。

同時に入学した者には、一九一八（大正7）年に「平民宰相」として最初の政党内閣をつくる首相の原敬やジャーナリスト陸羯南《くがかつなん》などがいた。勉強の合間に鎌倉の円覚寺の今北洪川和尚のもとで禅を学んだのも司法省法学校のころである。

司法省法学校は八年後の一八八四（明治17）年七月、第一回の卒業生を出した。入学者百人のうち卒業した者は三十三人に過ぎなかった。そのなかに秋月左都夫の名もあった。翌年、同校は東京大学に合併される。

このころ外務大臣は井上馨。井上は「外務省はフランス語ができる者が少なくて困る。フランス語は司法省学校卒業生に限る」と司法省法学校卒業生二人の外務省入りを求めた。

当時の外務省は、いまのように人気がある役所ではなく、「霞ヶ関のハイカラコズメ」と皮肉を言われるほどだった。ハイカラなコスメチックで頭をなでつけてばかりいるかっこだけの役所という意味だったのだろう。

だが、不平等条約の改正に大きな関心を抱いていた左都夫は決意した。「ハイカラコズメでも何でもよい。外交官となって条約改正の問題に少しでも力になれれば……」

一八八五（明治18）年十一月、二十八歳の左都夫は外務省官費留学生としてベルギーに留学した。無断で帰国して、意見具申のために首相官邸を訪れるのはそれから四年後のことである。

オーストリア大使

一九〇〇年（明治33）、秋月左都夫と同じ日向出身で飫肥藩の小村寿太郎が外務大臣に就任した。左都夫はその年、フランス公使館からロシア公使館の書記官に代わった。同年、中国では義和団の反乱が起き、列国公使団と居留民が暴動を受け、身を守るために公使館地域にたてこもる事件が発生した。それは清国が列強に宣戦布告するという北清事変に発展。日本は公使団を守るという名目で、連合軍一万八千人のうち一万人を出兵した。イギリスはロシアに対抗するうえでの軍事力を日本に求めたのだった。

日清戦争の勝利に続いて、朝鮮半島、中国本土への進出をうかがう日本と南下政策のロシアとの間に緊張が高まっていた。ロシアは義和団の反乱で出兵した軍を満州から撤兵せず、満州を占領状態に置いた。日露には一触即発の危機が迫っていた。

一九〇二年、利害をともにする日本とイギリスは日英同盟を結ぶと、対抗するロシアとフランスは「露仏同盟は極東にも適用できる」と宣言した。

交渉の末、ロシアは期限をきって満州から撤兵するはずだったが、撤兵せず、逆に増兵の気配もあった。

「このままでは朝鮮半島の日本の支配

オーストリア大使を務めた
秋月左都夫

も危うくなる」。そう思った日本政府は、宣戦を決意。侵略を意図する両国が満州でぶつかったのであった。

左都夫は敵国となるロシアの首都ペテルブルグにいたが、宣戦布告された一九〇四年二月、ロシアを脱出した。スウェーデンの首都ストックホルムに向かう途中、公使館の文官のなかには、「こんな大国と戦争をして勝てるわけがない」と言う者もいた。

余計なことは口にしない秋月は、言葉にはしなかったが、「いや、そうではない。勝てるかもしれない」と内心思っていた。

それは、ロシア帝政内部の腐敗、堕落とそれに対する民衆の怒りがもはや止まらないところまできていると感じていたからだ。

「ロシアが極東の戦争にどれだけ構っていられるか……」

書記官としての左都夫の情報収集と分析、洞察力には抜きんでたものがあった。

左都夫は東京に二カ月いただけで、すぐにスウェーデン、ノルウェー駐在を命ぜられた。スウェーデンはロシアに最も近い戦時中立国として、左都夫の使命は大きかった。ストックホルムにとどまるだけでなく、敵同盟国であるフランスのパリに行って情報の収集もしている。

パリで哲学者のルボンと話したときである。

日本軍の勝利が続く日露戦争の話題になり、左都夫は「ロシアは必ず衰え、日本は必ず興るでしょう」と言った。

ルボンは反論した。

「日本は小国にして国民は少なく、ロシアは大国であり国民も多い。小が大を破るのは、理屈の許さないところだ。もし、万一にも日本がロシアを屈服させることになれば、外患は取り除くことになるだろう。だが、おそらく内憂が生じるのではないかと恐れる」

政治家のクレマンソーと話をしたときも、左都夫は言った。

「日本軍は戦えば勝ち、破竹の勢いだ。だが、日本は好戦的な国民ではない。ロシアに勝って雪辱を果たせば、再び外に向けて軍事行動を起こすことなく、世界の平和に寄与するだろう」

だが、クレマンソーはその意見には懐疑的だった。

「戦争に勝ってのち、軍事行動を抑えるというのはいずれの国でも最も難しいところだ。もし、君が言うように戦争に勝っても軍事行動を抑えることができれば、日本は世界の王になれるだろう」

一九〇五（明治38）年一月二十一日、ロシアのペテルブルグでは、労働者が続々と冬の宮殿広場に結集した。軍隊は民衆に銃口を向けた。ロシア革命の始まりを告げる「血の日曜日」と呼ばれる事件だ。左都夫が読んだとおり、ロシアは内部から崩壊し始めていた。

日本海海戦など重要な戦いに勝利を収めていた日本もすでに兵力の限界が見え、弾薬など補給物資も不足。戦争を続けるのは困難な状況に陥っていた。

日露戦争は終結し、同年九月、アメリカ大統領ルーズベルトの調停でポーツマス講和条約が結ばれた。

戦後、戦勝に沸き立つ日本を遠い異国から見ながら、左都夫はルボンやクレマンソーの言葉を思い出し、かつて高鍋藩校明倫堂で学んだ古人の教えと重ね合わせていた。

「戦い敗れる者は、変、速やかにして、禍《わざわい》、小である。戦い勝つ者は、変、遅くして、禍、大である。変、遅くして、禍、大なる者は、土崩《どほう》の患を醸す」

左都夫は思った。「日本はロシアに勝ち、気がおごり、とどまるところを知らないようだ。このままでは崩壊の危機を迎える。危機は恐ろしい。だが、危機に気がつけば、危機はない。日本は内なる危機に気づいていない」

左都夫の心配したとおり、日本の軍事的拡張はやがて日本を崩壊へと導くのだった。

日本全権としてポーツマス講和条約を締結させた外務大臣小村寿太郎は、一九〇六（明治39）年に第一次桂内閣の総辞職で退いたのち、一九〇八年に再び外相となった。小村はベルギー公使として左都夫を任命した。

左都夫のベルギー滞在は一年余りの間ではあったが、そこでボーイスカウト活動に大きな関心を持った。その資料を文部大臣をしていた義弟の牧野伸顕に送った。それがきっかけになり、日本にボーイスカウトがつくられている。

翌一九〇八年十一月、今度はオーストリア大使を命ぜられた。オーストリアは英、仏、独、露に並ぶ欧州の上位国である。しかも、日露戦争に敗れたロシアは南下政策の主力をバルカン半島に向け、バルカンは「欧州の火薬庫」とさえ言われた。オーストリアは欧州の動静の鍵を握る存在になっていた。

そういった重要なポストに左都夫を抜擢したのは小村自身だ。派手さはないが、左都夫の明敏な能力と肝が座ったところを買っていた。同じ日向の小藩出身という同郷のよしみもあったのかもしれない。

後年、左都夫は家族に「小村侯には特別にお世話になった」と感激の面持ちで言っていたという。

欧米列強の干渉にも屈せず、明治の外交に一つの時代を築いた小村寿太郎は一九一一年十一月二十五日、この世を去った。小村の死去を知ったとき、左都夫はまだウィーンにいた。左都夫の中学生の長男が学校を休んで葬儀に列席した。

小村は前後十年近く外務大臣の地位にいながら、外務畑に「小村閥」というものをつくることもなく、「日本のために忠誠なる外交官」を育てることだけに専心した。一九五二（昭和27）年に故郷の飫肥（日南市）に建立された、いすに座った小村の銅像は、日露講和会議でロシアの全権ウィッテと対決する姿勢を表したものだという。

左都夫は六年間、オーストリア大使という重責をまっとうし、一九一四年（大正3）六月二十六日、退職した。五十七歳だった。

その退職から二日後、オーストリア・ハンガリー帝国の皇太子夫妻がボスニアの首都サラエボで一学生に暗殺された。ついに「欧州の火薬庫」が火を噴き、一カ月後には第一次世界大戦が勃発した。

左都夫のオーストリア大使としての評価はどうだったのだろう。雑誌「太陽」は「明治外交官人物評」としてこう述べている。

「権謀術数をもって外交の本義とした時代は遠い過去のことだ。国際間の平和を尊重し、円滑なる国交を持続していこうとするには、どうしても信義をもって外交の唯一の基礎としなければならない。外交官の最大要件は、才識、手腕のすぐれたるよりも、むしろ崇高なる人格にあろうと思う。この点から見て、われらはオーストリア大使として秋月左都夫氏を得たのを喜ばねばならぬ。氏は決して才の人ではない。人格の人である。その人格は外交官中において一頭地を抜き、毅然として異彩を放っている」

外交の世界から退いたあと宮内省入りし、学習院院長の補佐役をしたのち、一九一七（大正6）年、読売新聞社社長に就任した。社長となるや、三好退蔵の長男の三好重彦、泥谷良次郎、細川嘉六を役員として呼んだ。三人とも高鍋に縁がある者ばかりで、「高鍋内閣」と言われた。三好は台湾総督府外事課長、泥谷は姫路中学校校長、細川は住友にいた。三人とも職をなげうち、左都夫を助けるために駆けつけた。

左都夫はもちろん、新聞には完全な素人だった。社長になった最初のころ、他の新聞に載った論説を全文にわたり読売新聞に載せ、後書きに「これ最も我が意を得たり」と批評して悠然としていたこともあった。

社長自らが論陣を張ることもあった。特に外交に関して書いた「永久平和の研究」は秀逸だった。

「国家はおのおの生存し、かつ発達せんことを願うは自然なれども、強大なる国が深く自ら省みて、自ら抑制することが、平和のためには極めて必要なり」

「国家はおのおのその思うように自ら治める権利あり。他国はこれを尊重しなくてはいけない。もし尊重しない者があれば、力をもって防護するのみ。我が輩はこれを認める」

そしてこう結論を述べている。

「強き者が力を行使するにおいては、斟酌《しんしゃく》を加えることが必要だ。『無理をせぬ』これが内治外交の要決である。国際関係を面倒にさせるのは、猜疑《さいぎ》である。生存欲の深き者は猜疑の念に富む傾向あり、強大の者ほどその念が多い。強大の者は深く戒めなくてはいけない」

国家間の自己抑制が平和のために最も重要だと説き、その最大の障壁は「猜疑」であると警戒している。

左都夫は第一次世界大戦のパリ講和会議で全権顧問として出席。このあと京城日報社社長も務めた。だが、左都夫が懸念していたとおり、日本はその自己抑制ができぬまま、昭和に入ると中国侵略の泥沼に身動きができなくなってくる。

歴史の表舞台から消えたかのように思えた「烈士」秋月左都夫が再び登場するのは、

日本が崩壊寸前のときであった。それはのちに詳述する。

第八章　鈴木馬左也

秋月左都夫の三歳下の実弟は幼名を犢郎《こうしろう》と言った。四哲と言われた四人の男兄弟のなかの末っ子として、一八六一年（文久元）に高鍋城下に生まれた。

高鍋藩で総奉行だった鈴木家の跡取り鈴木来助は、高鍋の「三逸材」と言われた才知に富む人物であったが、戊辰の役のときの北越の戦いで二十八歳の若さで戦死し、相続人が途絶えてしまった。そこで犢郎の母久子が鈴木家の血を引いていたこともあり、犢郎九歳のときに鈴木家に養子入りした。のちの名を鈴木馬左也という。

馬左也は、兄左都夫とともに十三歳まで高鍋藩校明倫堂で学んだのち、英語を学ぶために鹿児島医学校へ。そこを退学後は宮崎学校へ入り、同校校長の野村綱の薦めで十六歳で金沢の県立啓明学校に入学した。

同校はすぐに石川県中学師範学校に校名が変わったが、ここで遊学中に西南戦争が起きた。馬左也の実父秋月種節は西郷軍に投獄されて、病死した。故郷の混乱のなか帰郷もできず、同校を退学して東京の司法省法学校にいた左都夫のもとへ頼って行ったのは一八七七（明治10）年七月のことであった。

東京大学予備門を経て、東京大学政治学科に入学。学生時代、鎌倉円覚寺で禅を修行するとともに、山岡鉄舟に無刀流の剣を、嘉納治五郎に柔道を学んだ。大学卒業とともに内務省入りをするのは、一八八七年、二十七歳のときだった。

二年後に愛媛県書記官として赴任するが、そこで住友家と出会い、交際が始まる。実際に請われて住友入りするのは、大阪府書記官、農商務参事官を経た一八九六年（明治29）、三十六歳のときである。

武士の魂と商人の才を兼ね備えた士魂商才の人生はそこから始まる。

士魂商才

住友本店副支配人として入った馬左也はすぐに欧米の商工業視察を希望した。縁戚の三好退蔵が洋行したあと、兄左都夫も外務省の留学生として洋行しており、洋行は馬左也の長年の念願であった。洋行後、馬左也は愛媛県の別子銅山鉱業所の支配人として赴任した。一八九九年八月、愛媛県は大きな台風に見舞われた。別子山中の従業員は二千三百人いたが、その宿舎を巨大な山津波が襲った。延べ三千人を動員して救助活動を展開し、海のように広がった泥の下から六日間で二百五十人の遺体を収容した。だが、まだ二百数十人が行方不明であった。濁流に流された者も多く、結局は五百十三人が犠牲となった。馬左也の最初の試練だった。

その後片付けもようやく終わると、さらに大きな難題が待ち受けていた。煙害である。製錬所から出る亜硫酸ガスが周囲の田畑や山林に被害を与えるため、その対策と補償交渉に馬左也は全力を傾けた。農民との賠償交渉は十年以上を費やすことになるが、馬左也は根気強く誠意をもってこれにあたった。

このころには住友の総理事になっていたが、農民代表との尾道会議で馬左也はこう言っている。

「住友家においても（煙害の）除害方法については熱心に研究している。政府の調査会も研究していることだろう。除害方法が発明されれば、住友家はその設備費などは少しも厭《いと》うところではない。たとえ煙害の損害を賠償する以上を支出しても、施設する覚悟だ」

損害賠償問題は一九一〇（明治43）年に一応の決着をみた。だが馬左也は、その言葉通りに調印後も煙害を出さないための処理方法の研究に情熱を注いでいる。さらに、別子銅山が欧米の鉱山に比べてはるかに機械化が遅れているため、昇降機の設置や電力による排水、坑道内に電車を走らせるなどの近代化に尽力している。

また鉱夫の賃金を搾取する飯場頭がいるなど前近代的な形のままだった飯場の改革にも着手した。しかしこれは抵抗が大きく、なかば暴力団のように組織化されていた飯場頭とその仲間は事務所を焼き払うなどの暴動を起こした。

馬左也はその力づくの反抗に対し、軍隊をすぐに派遣するという妥協のない対応に出た。この迅速な対応により暴動は沈静化し、飯場の労務環境は抜本的に改善された。

「烈士」の兄左都夫と同じく、いったん動いたら腹を決めてやりきるその手腕は高く評価され、馬左也は一九〇四年(明治37)、住友の最高責任者の総理事に就任した。四十四歳の若さであった。


三百年以上の商いの伝統を持つ住友には、社訓ともいえる事業精神がある。

第一は、「確実を旨とし、浮き利に走るべからず」という堅実性。

第一次世界大戦後、日本は「成金」という言葉が誕生するほどの空前の好景気を迎え、住友内ではこの好景気のもと、商事会社を新設しようとの主張が強くなった。馬左也は「浮き利に走るな」と、時流に乗って無闇な積極政策に走るのを戒め、商事会社をつくらせなかった。このののち昭和に入って襲う大恐慌で、第一次大戦後に乱立した商事会社は次々と倒産した。それを思うと馬左也の判断は正しかった。

第二は、「自利利他公私一如」の精神。

これは、万事、自他ともに利益となることが必要で、決して自分だけの利益に陥ってはならぬと、「我利」を戒めている。公利公益を事業の鉄則としている。

これには伝統がある。江戸時代初期に住友家が独自に持っていた南蛮吹きの製銅法を秘法とすることなく、銀の海外流出を防ぐために大坂の銅吹き屋に公開して伝授している。

「住友の事業は、住友自身を利するとともに、国家を利し、かつ社会を利する底の事業でなくてはならぬ」。歴代の住友首脳が事あるたびに口にしてきた言葉だ。

馬左也もまた、その精神をさらに強調した。

「住友の事業に従事する者は、条理を正し、徳義を重んじ、世の人の信頼を受けなくてはいけない。営利の事業といえども、必ず条理と徳義の経緯においてすべきこと。住友の事業において、この徳義の範囲で経営が不可能だということならば、その事業は廃止すべし」

「条理と徳義」を重んじるあたり、明倫堂で武士道を徹底して教え込まれた馬左也らしい訓示である。投獄されても西郷軍への出兵に反対した父秋月種節、勤皇の志士として獄中で病気にかかり亡くなった長兄の水筑弦太郎。おのれの志に命をかけた父、兄の生きざまを幼いころからみてきた馬左也にとって、私利私欲を捨てて事業に臨むのは当然の帰結だったのだろう。徳義なき場合は、事業をやめると言い切っている。

第三は、事業企画の遠大性。「国家百年の計」をその志とした。

その馬左也が特に事業として力を入れた部門に林業がある。

「百年の謀《はかりごと》は徳を積むにあり。十年の謀は樹を植えるにあり」先哲が残した言葉の通り、馬左也は積極的に植林をおし進め、引退の時期には百万本の植林を実現。住友を民間最大の林業経営者にまで引き上げている。

さらに馬左也の口ぐせは、「事業は人なり」であった。官界をはじめ優秀な人材がいると住友に引っ張ってきた。のちに首相になる浜口雄幸が専売局長のころに早くから目をつけ、住友に引き入れようとしたこともあった。

馬左也をよく知る側近の一人はこう言っている。

「鈴木（馬左也）さんの事業の大きな面は、事業を統轄したことと人材を養成したことだった。人物を鑑定するとか、人材を養成するということは心から好きで、むしろ鈴木さんの道楽とも見えたほどだった。若い人と膝をつき合わせて議論もよくしていました。常に事業の中心は人なり、と言っていましたし、実際に鈴木さんが総理事の時代には多くの人材が集まりました」

入社試験の馬左也の質問は、いつも意表をつく禅問答のような問いが多かった。それは、学力、知識というものより、大事を成し得る人間の発掘に重点を置いていたからだった。馬左也の理想とする人材は、一に正直、二に勤勉、三に学芸、四に健康であった。そしてこの四つを兼ね備えてはじめて、「用いるに足る」人材と判断した。

入社させた若者たちを養成させるために「寧静寮」を創設した。若い独身者の宿舎というだけではなく、「誠実なる人の育成」を寮の目的に掲げ、青年社員の一種修養道場の役割を果たした。

のちに宮崎交通社長として宮崎県の観光の生みの親ともなる岩切章太郎もそんな馬左也の下で青年期の一時期を送った。

岩切が住友総本店の経理部第二課の主査をしていたころだ。北海道北見の山林を買うかどうかで重役会が開かれた。課長に呼ばれて出席した岩切に向かって、総理事の馬左也は「岩切君、君のような末輩は来んでもいいんだよ」と言った。

岩切が「そうだろう」と思って引き下がろうとしたら、再び馬左也が「せっかく来たのだから、まあ、そこの末席に掛けろ」と言った。

会議が始まり、馬左也は「みんな腹蔵のない意見を述べよ」と告げたうえで、「岩切君、君が一番末輩だから、君から意見を述べよ」と命じた。

山林関係の主査でもあった岩切は、「もちろん、買った方がよい」と威勢よく言った。そして最後に「ただし、要は重役方の腹一つで決まる問題だ」と言い加えてしまった。

「重役の腹とはなんだ」

ひげを生やし、古武士のような風貌の馬左也が一喝した。

しゅんとしてうつむいた岩切に今度は馬左也は大声で笑って、「岩切君の話は最初は脱兎のごとく、後は処女のごとしだね」と場を笑わせた。青年の無遠慮な意見を楽しんでいるようでもあった。

岩切が馬左也の自宅に訪ねたとき、こんな問答もあった。

「岩切君、いま僕は何の修行をしていると思うかね」と馬左也が聞いた。

「禅の修行ですか」と岩切。

「いや、そうじゃない。僕がいま一生懸命修行しているのは、断り方だ。総理事をしているといろいろな注文が来る。一つ一つ受けていると、住友が立っていかぬ。だが、断ると怒られる。怒らせぬように断るのは大変難しいので、いまその修行を一生懸命しているのだ。君もいずれ思い当たるようになるぞ」

岩切は晩年、よくこのときの言葉を思い出したそうである。

徳義の人

馬左也は、死去するまでの十九年にわたって総理事を務めた。その間、企業活動のほかに多くの社会事業に着手している。

住友家の寄付によって大阪府立図書館を建設したのをはじめ、貧しい家庭の子弟に職工としての職業教育をさせようと大阪に創設したのが住友私立職工養成所。馬左也の考えらしく、道徳や「算術」、「実用理科」などの科目があり、かつての明倫堂教育と実学を合わせたような内容になっている。一九二一（大正10）年には、大阪住友病院が開業したほか、住友からの寄付金によって東北大学に鉄鋼研究所が創立した。

馬左也については、住友内部でこう言い伝えられている。

「事業家にありがちな駆け引きというものが一つもなかった。人をごまかすとか虚言を使うこととかなく、人にも事業にもただ真実一路、誠心誠意をもって真っ正面からぶつかった。不正、姑息な手段を弄することもなく、生涯を通じて公私の生活は誠意そのものであった」

鈴木馬左也が高鍋町筏に建てた「真清《まさや》閣」。今も入り口に扁額が残る

徳義を公私の生活の根底とし、手紙一つ書くにも誠心誠意。「いい加減」ということを嫌ったという。

馬左也はこんな言葉を残している。

「すべて人は自己の職業を単に職分とするだけではなく、これを好み、これを愛さねばならない。すべてのことは愛が基である。愛とは仏教の慈悲である」

近寄り難い風貌をもった馬左也であったが、こんな俳句をよく口にした。

「育つほど　土手に手をつく　柳かな」

いつもどんな人にも馬左也はていねいに応対した。会議の席上でも部下たちによくこう説いた。

「謙遜というのが営業のうえでも最も大切だ。尊大に流れぬように、客に対しては事業が盛んになればなるほどいよいよ親切、ていねいに態度、言葉を和らげて接しなければならない」

高鍋町内龍雲寺墓地の一角にある鈴木馬左也の墓

一九二二（大正11）年三月、馬左也は脳溢血で倒れた。いったん回復したかに見えたが十二月になって脳溢血が再発し、師走の慌ただしい二十五日、士魂商才の生涯を閉じた。六十二歳だった。

馬左也は本県でも耳川流域の林業の開発を進め、日豊線開設運動を熱心に支援するなど大きな功績を残した。高鍋へは住友に入ってから七回帰郷しているが、晩年は「高鍋に帰って家塾か学校を開き、郷土の社会奉仕に専念したい」と語っていたという。

第九章　小沢治三郎

鬼がわら

一九四一（昭和16）年十二月一日、昭和天皇のもとでの御前会議は決した。

「対米交渉は成立するに至らず、帝国は米英蘭に対し開戦す」

その決定を受け翌日の二日午後五時半、連合艦隊司令長官山本五十六は各艦隊司令長官に向けて打電した。

「ニイタカヤマノボレ一二〇八」

十二月八日午前零時（日本時間）を期しての開戦の命令であった。

機動部隊がハワイに向かって北太平洋の荒波を進んでいる十二月四日、仏印（いまのベトナム）を基地とする南遣《なんけん》艦隊は、南シナ海海南島の港を出港した。艦船六十四隻、上陸軍輸送船二十七隻の船団はひそかにマレー半島を目指していた。

旗艦「川内」には南遣艦隊司令長官小沢治三郎《じさぶろう》の姿があった。治三郎は、高鍋出

〝鬼がわら〟のあだ名があった
小沢治三郎中将肖像画
（高鍋町歴史総合資料館）

身の中将であった。他を圧倒する巨漢と、そこから見下ろす「鬼がわら」とあだ名される鋭い眼光はいま、遠くの水平線を見つめていた。

日清、日露の戦争に勝ち、韓国併合を経て満州に進出した日本。だが、中国との戦いは予想に反して泥沼の長期化に陥っていた。一九四一（昭和16）年六月独ソ戦が開戦し、日本陸軍が局面打開のために狙ったのは南部仏印進駐であった。それに対し、米英蘭の三国は、石油の供給をストップさせ、日独伊三国同盟からの離脱と中国からの撤兵を日本に求めた。同年秋の日本が維持できる物資は、軽油が三分の一カ月、重油一カ月半、航空揮発油十五カ月分などしかなかった。

陸軍参謀本部は、強く開戦を主張した。

「もし外交交渉により兵を撤兵することになれば、士気に影響する。断じて退却は許されない。しかし、一日一日と交渉が延びるほどに備蓄の石油は枯渇し、戦争さえやれなくなる。そうなると米英の圧力に屈するばかりで、中国、満州はおろか朝鮮も失うだろう。戦争で南方の石油資源を確保すれば、自給自足しながら敵と戦い、ドイツが英国を降伏させれば日本は有利に講和を結ぶチャンスもある」

それが開戦派の主張だった。開戦時期は、ソ連が行動に出られない冬季で、しかも季節風の影響がまだ少ない時期ということで十二月上旬が選ばれた。

アメリカもまた日本との戦争を望んでいた。日米が戦争となれば、日本の同盟国であるドイツに対してもアメリカが戦争状態となるからだ。そこで十一月二十六日、ハル国務長官は日本への最後通告とも言える「ハル・ノート」を提出した。

「ハル・ノート」は三国同盟破棄、中国撤兵に加え、日本が〝生命線〟としていた満州国否認までを日本に要求した。ここに日米交渉は決裂し、政府首脳は勝てる見込みもないまま、賭に出るように開戦を決意したのだった。このとき、日本の経済力は米国の十分の一もなかった。

小沢治三郎の南遣艦隊が向かうマレー半島は、日本が戦争を起こすことを決意した石油を確保するためのものであり、真珠湾奇襲とともに初戦において最も重要な戦いであった。海軍きっての戦術家と言われた小沢の艦隊とともに行動する上陸軍全体を率いるのは、これも陸軍きっての戦術家とされた中将山下奉文。

しかもマレー、シンガポール攻略成功の鍵は、マレー半島中央の南シナ海に面したコタバル上陸の成否に握られていた。というのもコタバルには、英軍の有力な航空基地があり、九千人の英軍守備隊がいた。英空軍がコタバルに残存すれば、シンガポールへの南下作戦は危機に陥る危険があったからだった。

十二月七日正午、輸送船団は三つに分かれた。治三郎の南遣艦隊は、少将佗美《たくみ》浩が指揮するコタバル上陸部隊五千五百人の将兵を乗せ、コタバル沖に向かった。

「全滅を賭しても上陸は成功させる」。治三郎はそう決意していた。

小沢治三郎は、一八八六（明治19）年に高鍋に二男として生まれた。士族ではなく、平民の旧家の出である。宮崎中学に入学し、旧高鍋藩の合宿所千鳥舎から学校に通った。一・八メートルを超す筋骨隆々とした体と負けず嫌いの気性で、けんかの話は尽きることがない。

中学四年のとき、千鳥舎の生徒と近くの佐土原藩合宿所の生徒らとが口論になり、治三郎が一人で佐土原の合宿所に殴り込みをかけて屈服させている。宮崎市内の大淀川に架かる橘橋で三人のちんぴらに因縁をつけられ、喧嘩を売られた。治三郎はその三人を次々と川に放り投げ、それが地元の新聞にでかでかと載った。

この大喧嘩がもとで、治三郎は宮崎中学を退校になり、陸軍軍曹だった兄は上官の牛島貞雄大尉に弟治三郎のことを相談した。牛島中尉は会ったこともない治三郎に手紙を書いた。

「過ちを改めるにはばかることなかれ。卑怯な者を排撃するのは青年時代の一快事ではある。しかし冷静に考えてみよ。血気に走って無謀の行為をするのは、奨励すべきことではない。学生には学生の本分がある。自分の過ちであったならば、これを改めるにはばかることなかれ。これ真の勇気ある少年なり」

自暴自棄でいた治三郎は、この手紙で立ち直り、志も新たに東京の私立成城中学に入学した。官立はどこも受け入れを拒んだからであった。

だが、ここでも喧嘩を起こしている。神楽坂を歩いているとき、小柄だが気の強そうな男が喧嘩をふっかけてきた。治三郎が無視していると、『慶応の三船を知らんか』と言うなり、いきなり組みついてきた。

治三郎は力でそれをねじ伏せ、その男の背中の上を下駄で歩いて通り過ぎた。この男は、のちの柔道の大物三船久蔵十段だった。

鹿児島の第七高校に入ったのち、一九〇六（明治39）年十一月、治三郎は海軍兵学校に入学した。治三郎はよく土井晩翠の「星落秋風五丈原」の詩句を歌った。治三郎が敬愛する、三国時代の軍師で宰相の諸葛孔明を歌ったものだ。

海軍大学校に進んだ治三郎は、戦術的な行動が求められる水雷学校高等科を選択。〝水雷屋〟として海軍での自分の道を選んだ。日本海軍の得意な奇襲戦法にしろ、砲術の〝鉄砲屋〟になるより、水雷屋の方が戦術家になるには向いていたからだ。

一九一七（大正6）年、三十一歳の大尉のとき、妻をもらった。相手は、同郷高鍋の森家の四女石蕗《つわ》であった。石蕗は外交官秋月左都夫の姪にあたる。

二年間の海軍大学校の時代、治三郎が強く印象に残った言葉があった。明治の兵術家、中将佐藤鉄太郎が言った、「戦《いくさ》は人格なり」である。治三郎はその言葉を胸の奥に秘めた。

一九二一（大正10）年、治三郎は難関の海軍大学校を卒業した。学業成績は決して良いものではなかったが、学校での知識にとらわれない独創性、柔軟性、いざというときの判断力が人並みではないと学校の指導官らも評価したのかもしれない。

治三郎は駆逐艦乗務を皮切りに順調に進級し、一九三九（昭和14）年には第一航空戦隊司令官となった。それまでの日本海軍のように巨艦巨砲に執着せず、「母艦航空兵力こそ、艦隊決戦における攻撃主力だ」とよく口にするようになっていた。

海軍は米海軍を仮想敵として戦術を練っていたが、治三郎はこう予測した。

「日米主力艦隊の決戦は起こらない」「日米戦は南洋群島方面の航空基地の争奪戦に

なる。その場合も主力艦の出る幕はない」

日露戦争のように双方の主力艦が撃ち合って決戦する時代は去り、航空機が用兵の主力となると見た。

この「航空主兵・戦艦無用」の考えは、連合艦隊司令長官山本五十六と同じだった。

「風速七メートル、波の高さ一メートル」

コタバルの海岸近くに潜入した潜水艦から、気象報告が送られてきた。上陸は可能だ。十二月七日午後十一時半、月夜のなかを輸送船は次々と上陸用舟艇を下ろし始めた。そのころ、視界にあったコタバルの海岸一帯の灯火が消えた。英軍も日本軍上陸の動きを察したようであった。

十二月八日午前零時四十五分、最初の上陸部隊が発進。夜空をロケット信号が上がり、一斉に射撃音が響いた。閃光が走るなか、英軍機三機が飛来し、船団に低空爆撃と機銃掃射を浴びせた。英軍機は波状攻撃のように飛来しては攻撃を仕掛けてくる。

機銃掃射の雨のなかを上陸した上陸部隊は、佗美少将が軍刀を抜いて突撃し、靴を輸送船で脱いだ兵士は、はだしのまま鉄条網を抜けて戦った。海岸では二人の通信兵が立ち木がないため飛び交う弾丸のなかを電線を持って直立し、〝人間アンテナ〟に。

隊員の士気は高く、インド兵が多かったコタバル飛行場の英軍守備隊は総崩れになって撤退した。

佗美隊は午後九時半、戦死者三百二十人、戦傷者五百三十八人を出しながらコタバル飛行場を占領した。

コタバル上陸は、真珠湾奇襲攻撃より一時間二十分、早かった。太平洋戦争はコタバルを守る英軍の一発で火ぶたが切られたのであった。

上陸作戦が無事終了したのを知った南遣艦隊司令長官の小沢治三郎は、次の照準を部下に命じた。

「英東洋艦隊を撃滅せよ」

英東洋艦隊には、不沈戦艦「プリンス・オブ・ウェルズ」と巡洋戦艦「レパルス」がいる。この二艦は伝統ある英海軍が誇る最新艦であり、健在の間は、日本軍の作戦展開にとって極めて脅威であった。

潜水艦、航空機の必死の索敵活動の末、十日午前十時十五分、英艦隊を発見した。

治三郎には英軍の不沈戦艦を倒すために、一つの秘策があった。それは、空からの攻撃である。そのために連合艦隊司令長官山本五十六に強く要望して、鹿屋航空隊の一式陸攻二十七機の南遣艦隊への増援を実現していた。

最初に英艦隊の上空に達したのは、美幌航空隊の爆撃機八機。午前十一時十三分、「レパルス」に対して高度三千メートルから二百五十キロ爆弾八発を投下、その一弾が命中した。正午前には元山航空隊の雷撃機九機も飛来し、「プリンス・オブ・ウェルズ」に二本の魚雷が炸裂し、同艦は操縦不能の状況に陥った。雷撃機は、海面ぎりぎりに低空して進み、正確な攻撃を仕掛けた。元山航空隊は「レパルス」にも魚雷を命中させたが、船体は一度傾いたのち、復元した。

午後零時二十分、治三郎が秘策としていた鹿屋航空隊の雷撃機二十六機の編隊が到着した。雷撃機は、「プリンス・オブ・ウェルズ」の右舷五百メートルまで超低空で肉薄しては、魚雷を投下した。すさまじい対空砲火をくぐり抜けての攻撃は、どれも正確で、六本のうち五本の魚雷が命中して「プリンス・オブ・ウェルズ」は大きく傾き、沈没は避けられない状態になった。

鹿屋航空隊はさらに「レパルス」にも七本の魚雷を命中させ、午後零時二十三分、「レパルス」は海中に沈んだ。

最後に到着した美幌航空武田中隊の爆撃機が投下した五百キロ爆弾二個が「プリンス・オブ・ウェルズ」の艦尾に命中し、とどめとなった。〝親指トム〟の愛称があったフィリップス提督は自らの意志で船に残り、「プリンス・オブ・ウェルズ」とともに午後一時二十分、南海の海に消えた。

二隻の巨艦を海に沈めた日本軍機はそれ以上の攻撃をせず、駆逐艦が乗組員を救助するのを邪魔するようなことはしなかった。最後に翼を振って英海軍将兵の敢闘をたたえ、仏印の基地へと帰った。

戦艦と航空機が四つに組んで戦い、航空機が戦艦を撃沈させたのは、世界の海戦史上初めてのことだった。

翌十一日、鹿屋航空隊の壱岐春樹大尉はこのマレー沖海戦の戦場を確認したのち、二束の野の花を海にささげた。一束は日本武士道のために、もう一束は勇敢に戦った英国騎士道の戦士たちのためだった。

報告を受けた英国のチャーチル首相は強い衝撃を受け、「生涯で、かくも大きな痛手を受けたことはなかった」と嘆いた。

南遣艦隊旗艦「鳥海」の作戦室にいた治三郎は、英海軍戦艦の両艦が沈没したとの電報を手にしたとき、〝鬼がわら〟と言われる鋭い目を閉じ、数滴の涙を流した。それは歓喜の涙ではなく、悲嘆の涙であった。

「自分もいつかは彼と同じ運命をたどらねばなるまい」

フィリップス提督の最期に思いを寄せていた。

捨て身提督

真珠湾奇襲攻撃、英海軍とのマレー沖海戦と初戦を華々しい勝利で飾った日本海軍は、南方作戦が終わるころには、ビルマからインドネシア、フィリピン、中部太平洋、ニューギニアと支配圏を拡大。自信を深めた海軍は、米太平洋艦隊をたたくためにミッドウェー攻撃を行い、さらにオーストラリアと米軍との連絡を分断するためにフィジー、サモア作戦を展開する。

だが、ミッドウェー海戦では、米軍機動部隊戦闘機の奇襲を受け、空母四隻、飛行機三百二十二機、三千五百人の戦闘員を失った。米軍は空母一隻、飛行機百五十機の損害で済み、決戦を挑んだ日本側は大敗した。

ミッドウェー海戦から十日後にはニューカレドニア侵攻の足がかりとしてソロモン諸島のガダルカナル島に日本軍が上陸した。飛行場を建設するためだった。ラバウル制圧をもくろむ米軍と半年間にわたる死闘がこの小さな島を巡って繰り広げられた。

ラバウル基地からガダルカナルまで一千キロ以上あり、ラバウルを発進した零戦はガダルカナルに達しても二十分もとどまれず、次々と米軍の餌食になった。一九四三

（昭和18）年二月にガダルカナル島が完全に米軍の手に落ちたとき、日本海軍の損失は飛行機八百九十三機、搭乗員二千三百六十二人。豊富な経験を持つ優秀なパイロットをあまりにも多く失っていた。

この大敗は、「航空主兵・戦艦無用」の山本五十六の考えの危うさをも示していた。その山本は四月十八日、ガダルカナルを飛び立った米軍機によりブーゲンビル島上空で襲われ、五十九歳で戦死した。山本が前線視察に出る直前、第三艦隊司令長官であった小沢治三郎は「山本長官の護衛戦闘機は五十機でも百機でもご要望通りに出します」と言っていたのだが、山本は護衛機六機で飛び立っていた。

一九四三（昭和18）年を機に、米軍の猛反攻は開始され、戦線を拡大し過ぎていた日本軍は次々と孤島で全滅。制空権、制海権とも米軍が手中に握った。日本海軍は逆転の指揮を小沢治三郎に託した。

治三郎は、米機動部隊に勝つために「アウト・レンジ戦法」を発案した。敵が攻撃できない距離から、一方的に攻撃する戦法である。当時の米軍機は、分厚い装甲と燃料タンクを防弾ゴムで包んでいたため重量がかさみ、攻撃距離は約五百五十キロが限度だった。それに対し、日本軍機はそのような防御装置がなく、その代わりに燃料を積むため、攻撃は七百四十キロまで可能だった。

遠い間合いから、まず敵空母をたたき、連続攻撃で艦船を狙う先制攻撃である。

だが米軍は、夜戦、奇襲を得意とする日本海軍に対抗する最新の技術を開発していた。高性能のレーダーと「マジック・ヒューズ」と呼ぶVT信管である。VT信管は、艦艇の高角砲や機関砲の弾頭に取り付けられた。小型レーダーを内包し、飛行機に接近すると爆発した。さらに最新戦艦は、無照準、無観測で正確な射撃ができるという射撃指揮用レーダーまで備えてあった。人の目を頼りにしている日本海軍とは大きな差があった。

さらに一九四四年四月には、海軍の作戦参謀長ら幹部が乗る飛行機がフィリピンのセブ島に不時着した。そこでひそかに「Z」作戦の極秘文書がゲリラによって盗まれ、米軍情報部の手にわたった。米軍はそれを写すと、不時着した海に鞄ごと戻した。日本軍が回収したときは、すでに米軍が写したあとだったとは知らなかった。この文書には、海軍の作戦の原案がすべて書かれ、海軍の兵力と配備が細かく記されていた。

日本海軍はこの時点で艦船数、戦闘機数とも米軍の半分となっていたのだが、文書が漏れて軍事機密は筒抜けの状態でもあった。日本海軍は作戦の変更も、司令暗号の変更もすることはなかった。

同年六月十五日、米軍はサイパン島の上陸を開始した。治三郎の第三艦隊を主力とする機動部隊は、米機動部隊に挑んだ。マリアナ沖の海戦である。量で劣る日本機動部隊は、Z旗を掲げてアウト・レンジ戦法で臨んだ。だが、重大な落とし穴があった。

パイロットの技術の未熟さであった。ガダルカナルの戦いをはじめ、優秀な搭乗員の多くを消耗品のように失っていた日本軍。いまや搭乗員は、通常の四分の一の百時間余りの飛行時間しかない者ばかりで、入隊からわずか二カ月の訓練で戦線に出る者もいた。

米空母飛行機隊の搭乗員が一年以上の訓練を行い、定員の三倍以上で交替で戦っていたのとは大きな違いであった。戦闘機の構造を含め、兵士の生命を大切にするかどうかの思想の違いが、結局は戦局に大きな影響を与えたのだった。

日本軍の飛行機は、空母での発着もままならず、しかも遠距離攻撃で敵に近づくとレーダーで察知した米軍の大編隊が待ち受け、それをくぐり抜けて艦船に接近すると、VT信管の砲弾が炸裂した。三百七十一機が出撃し、二百十五機を失い、空母二隻が撃沈された。米軍の損失は軽微であった。

小沢艦隊の完敗であった。

七月五日、サイパン島防衛の司令長官南雲忠一は、「太平洋の防波堤たらんとしてサイパン島に骨を埋めんとす」との訣別電報を打って、自決。二日後には三千人が

〝バンザイ攻撃〟をして玉砕した。

サイパンの米軍の奪取は、すなわちB29による本土空襲を意味していた。だが、日本には第一線の空母は四隻しかなく、もはや米軍の大機動部隊に立ち向かうことはできない。太平洋戦争の実質的な勝敗はこの時点で明らかであった。開戦を決断した東条英機内閣は七月十八日、総辞職した。

海軍はこの難局を打破する乾坤一擲《けんこんいってき》の決戦の場をフィリピンに求めた。十月十七日、マッカーサー軍は台風の風雨のなか、フィリピン中央のレイテ島沖に集結した。戦闘艦艇百五十七隻、輸送船四百二十隻など計七百三十四隻の大船団である。日本海軍はレイテ湾での多勢の敵に少数で立ち向かうために、ある秘策を考えついた。

それは零戦に二百五十キロ爆弾を積み、空母の甲板に突っ込むという神風特攻隊だ。日本海軍の「航空主兵」戦略が行き着いた末の作戦でもあった。

米軍二十万のレイテ島上陸の予定は、十月二十日午前十時。欧州のノルマンジー上陸のDデイにならい「Aデイ・Hアワー」と呼んだ。大船団を護衛するのは、「ブル(猛牛)」のあだ名を持つハルゼー提督の第三艦隊。空母十八隻、戦艦六隻など百五隻の大艦隊だった。

　これに対し、日本海軍の機動部隊本隊を率いるのは、小沢治三郎。空母四隻を持つ小沢艦隊がおとりとなってハルゼー艦隊をおびき出し、中将栗田健男の第二艦隊が日本が誇る戦艦「武蔵」「大和」の戦闘艦隊で防備が手薄となったレイテ湾の大船団に突入する作戦である。

　小沢艦隊の四空母の戦闘機は、わずか二十九機にすぎない。任務はハルゼー艦隊をできるだけ引きつけることで、治三郎以下すべての将兵は、死を覚悟していた。

　十月二十四日朝、戦端が開かれた。米軍攻撃隊が、護衛機のいない栗田艦隊の「武蔵」に襲いかかった。不沈戦艦と言われた「武蔵」は敵の攻撃を自分に集めるために、明るい色のペンキで塗り変わっていた。米軍はしつこい波状攻撃で「武蔵」に襲いかかり、午後七時三十五分、日本海軍の象徴であった「武蔵」は沈んだ。

「武蔵」が沈没する前の午後五時半、ハルゼー艦隊の索敵機が小沢艦隊を発見した。四空母の存在に、「ついに敵機動部隊の本隊を見つけたぞ」とハルゼーは歓喜した。ハルゼー艦隊は小沢艦隊を追ってレイテ湾を離れて北上した。米海軍史で言う「牡牛の暴走」である。

　二十五日午前八時には百八十機の米軍機が小沢艦隊を急襲した。

「敵は食いついてきた」。治三郎はそう思った。

小沢艦隊は空母「瑞鶴」に戦闘旗の「Z」旗を掲げた。

旗艦「瑞鶴」には二百五十キロ爆弾が命中し、魚雷を受けた。送信も不能になったため駆逐艦に移って将旗を掲げた。

「ようやく死に場所を見つけた。あとは栗田艦隊がレイテ湾に突入するだけだ」

治三郎の鬼がわらの顔は、まるでほくそ笑んでいるようでもあった。

そのころ、レイテ湾の大船団を防衛していたキンケイドの第七艦隊は、五日間にわたるレイテ島の上陸支援射撃と中将西村祥治の夜戦部隊との戦闘で弾薬が尽き始めていた。栗田艦隊のレイテ湾突入も予測できたので、キンケイドは苦渋の表情であった。しかも四機の日本機が襲ってきたと思ったら、そのうち二機があっという間もなく、空母の甲板に激突した。太平洋戦争最初の神風特攻隊であった。

頼みの米機動部隊は、小沢艦隊を追ってどこに行ったか分からない。

キンケイドからハルゼーに対して、第三十四機動部隊のレイテ湾派遣を要請するやりとりを聞いていたグアムの大将ニミッツはハルゼーに打電した。

「第三十四機動部隊はいずこにありや、全世界は知らんと欲す」

この侮辱的な電報を受けたハルゼーは真っ赤になって帽子をたたきつけた。そして怒りが収まると、小沢艦隊への攻撃をやめ、無念の思いのままレイテ湾の救援に向かった。

完璧にハルゼー艦隊をおびき出した小沢艦隊であったが、なぜか、ハルゼー艦隊を釣り上げた旨の電報が栗田艦隊に届かなかった。

小沢艦隊がハルゼー艦隊を釣り上げたことも知らず、戦いの状況も全く把握できなかった栗田艦隊は、レイテ湾まであと一時間というところで急に反転。レイテ湾突入を中止し、来た道を引き返した。

もし戦艦「大和」らの栗田艦隊が突入していれば、米軍大船団は大きな犠牲を払ったかもしれなかった。だが、フィリピン沖海戦は、こうしておとりとなった四空母や「武蔵」などの沈没をはじめ、日本側が多大の損害を出して終わった。

生き残った治三郎は「捨て身」提督としての名を残し、一九四四（昭和19）年十一月には軍令部次長兼海軍大学校長に就任した。

早期講和の画策

一九四五年四月七日、鈴木貫太郎内閣が発足した。その六日前の四月一日には、沖縄に米軍が上陸をして、非戦闘員の島民を巻き込む地獄絵が繰り広げられていた。

沖縄戦の戦況を気にしている東京の軍令部次長小沢治三郎の宿舎へ四月十四日、一人の民間人が訪ねてきた。吉田茂だった。治三郎にとって妻石蕗の伯父であり、高鍋の大先輩でもある秋月左都夫の紹介だと言った。左都夫はオーストリア大使、読売新聞社長などを経て、野に在った。この時、八十八歳であった。

左都夫は昭和十三年に、中国との戦争を終わらせるために、ある将軍に「日本の無条件即時休戦」を申し出ている。

「両国民を塗炭の苦しみから救い出すためには戦争をやめさせるしかない。わが国と中国との交わりは千年以上の歴史があり、わが国の中国に負うところも少なくない。地理の面からも親密にすべきだ。日本が無条件で戦争をやめることが、天皇陛下の思し召しである」とその将軍に説いた。

そして、日本が太平洋の戦場で次々と敗れ、敗戦の色が濃くなった一九四四年から外務省の後輩の吉田茂やのちに首相になる幣原《しではら》喜重郎らと密会しては、早期講和の道を探っていた。

左都夫は講和の前に休戦の申し込みを米国ではなく、英国にすべきと考えていた。国際政治に通じた左都夫は、英国はソ連の脅威を強く感じており、英米は西のドイツと東の日本を共産主義の防波堤として使うだろうとの読みがあったからだった。

東京豪徳寺の秋月邸に頻繁に出入りしていた吉田茂は、その妻が牧野伸顕の娘であり、牧野夫人は左都夫の妻の妹であった。つまり、吉田は左都夫の甥にあたっていた。左都夫は「日本の敗北は決定的なのに、戦争を継続すればそれだけ血が流れる」と心を痛めていた。若きころより、〝烈士〟たる決意の持ち主であった左都夫は、その志を吉田に託していた。

治三郎も前年秋に軍令部次長になってから豪徳寺の家にたびたび呼び出されていた。病気の秋月翁の枕元に座らせられて、明治以降の日本外交、国際政治を説いて聞かされたうえに、「日本と因縁が深い英国を通じて和平交渉を進めねば、日本は滅びるだろう」と説得された。

宿舎にきた吉田は、戦前に外務次官、駐英大使などを経て六十六歳になっている。

「戦局は極めて悲観的だ。早急に和平工作をしなければならない。君も同意見だろう」

と、吉田は言った。

「しかし、今の政府は半狂乱です。われわれの意見を聞き入れる理性など持ち合わせていません」と治三郎は答えた。

思い詰めた顔で吉田は声を低く落として言った。

「いや、私が直接、英国と交渉をするのだ」

ぎょっとする治三郎を前に吉田は続けた。

「あなたは軍の要職にある。あなたの力でなんとか私のために飛行機を一機提供してくれないか。私を英国まで送り届けて欲しい。英本土が無理なら英国の勢力圏内どこでもいい。危険は承知だ。このままじっとしていたのでは、みすみす日本を破滅させるだけだ」

治三郎はこの元外交官の気迫に打たれた。しばらく無言でいたが、答えは否定的なものだった。

「今の日本にそんな飛行機は一機たりとも残っていません。実際問題として軍に内緒で敵地に飛ばすのは一機でも無理です」

思い切れぬ表情で、吉田はさらにこう言った。

「飛行機が無理なら潜水艦でもいい。一個の荷物として、あるいは荷物のなかにくくり込んで英国圏のどこかの海岸にでも放り投げてくれればいいのです。私はそこからはい上がり、捕虜になってでも和平交渉をするところにこぎつけたい。私にはその自信があります」

潜水艦は飛行機よりも無理な話であった。しかも吉田の命は極めて危険に陥る。

「研究はしてみましょうが、とても望みは薄いです」

治三郎はそう答えた。

「この計画には秋月翁も衷心の熱意をこめて期待している。病床にある秋月翁に計画が絶望的だと報告するのは非常に心苦しい」

吉田は最後にそう言って、宿舎を出た。

吉田が横浜憲兵隊に拉致されるのは、その翌日のことであった。

治三郎は東郷茂徳外相に会い、「吉田氏のような身分ある人物を不意にあのように拘禁するとは何ごとか」と抗議した。東郷外相も逮捕の事情を知らず、閣議で阿南惟幾陸相に強く抗議を行い、やがて吉田は釈放された。

吉田は戦後、外相になり、戦後日本の針路を決める首相となる。

秋月翁こと左都夫は、吉田の逮捕により、和平工作が完全に失敗したことを悟った。それからは政治運動もやめ、日本の前途に絶望したのか片時も離さなかったラジオ、新聞を遠ざけた。そして急速に衰弱した。

郷里高鍋の明倫堂の幼なじみや司法省法学校の学友、小村寿太郎や大使時代の思い出を胸に、秋月左都夫は一九四五（昭和20）年六月二十五日、他界した。

終戦の日の五十一日前であった。

もし左都夫が望んだ早期講和が実現していたら、少なくとも原爆の犠牲者はなかったかもしれない。歴史に「もし」は許されないと、分かってはいるが……。

最後の連合艦隊司令長官

一九四五年五月七日、ドイツが連合国に無条件降伏した。同月二十九日、小沢治三郎は海軍総司令長官兼連合艦隊司令長官に任命された。海軍大臣米内光政の人事である。治三郎は大将になることを辞退し、中将のまま最後の連合艦隊司令長官になったのであった。治三郎の任務は明らかであった。

それは戦争の継続ではなく、実戦部隊を統括しながら速やかに戦争終結をすることである。米内の人事の真意はそこにあると治三郎も読んでいた。

すでに海軍の機動部隊は壊滅し、戦法といえば神風特攻隊のほか人間爆弾「桜花」、人間魚雷「回天」など特攻しかなく、それで本土決戦に臨もうとしていた。しかし、資材、弾薬をはじめ、戦争を継続する力はもう残っていない。

連合艦隊参謀の大佐が治三郎に言った。

「これは地獄絵です。神州不滅とは一億玉砕の阿鼻叫喚ではないと思いますが」

治三郎は寂しく苦笑しながら言った。

「航空参謀、仕方がないんだよ。日本は負けたことがないんで、どう負けていいか見当がつかないんだ」

一方、米軍は日本本土上陸を九州に定め、〝オリンピック〟の暗号で作戦策定を進めていた。長い砂浜の海岸線を持つ日向灘はその標的の一つであった。

六月二十三日、沖縄が米軍の手に落ちた。本土が戦場になるのは目前に迫っていた。

八月六日、広島に原爆が投下され、八日、ソ連が対日宣戦布告、九日長崎に再び原爆が投下された。

十日、前日深夜からの御前会議の末、日本は天皇の〝聖断〟の形で無条件降伏のポツダム宣言受諾を決意した。

海相米内も連合艦隊司令長官の治三郎も、降伏以外に日本を壊滅から救う道はないと腹を決めていた。だが、海軍内部にはその御前会議の決定を不服とする者も多かった。

海軍軍令部次長は「連合艦隊は不滅です。徹底抗戦しかありません」と血相変えて主張した。だが、治三郎は「いまさら抗戦を説いて何になる」と鬼がわらの顔で一喝した。

治三郎は部下には敗戦を決した場合の混乱を予想して、最悪の場合の対処を考えるように指示している。

軍令部総長の豊田副武が、参謀総長とともに米内に内緒で天皇に戦争継続を進言したのは十二日のことであった。

八月十五日正午、戦争終結の詔勅が放送され、戦争は終わった。

だが、数日後にマッカーサーが着陸する予定になっている海軍厚木航空基地で反乱が起こった。司令の大佐小園安名が徹底抗戦を叫び、統制に服さない。小園の上司を基地に派遣して説得することになったが、治三郎は「死んじゃいかん。戦争の後始末はだれがするんだ」と言って、送り出した。小園は結局、鎮静剤を注射され、海軍病院精神科病棟に収容された。反乱は大事に至らずに終わった。

玉音放送の直後、第五航空艦隊司令長官の宇垣纏が十一機の艦爆隊を率いて沖縄に突入した。

治三郎は航空参謀を呼び、こう尋ねた。

「皇軍とはどういうことかね」

「はい、天皇の軍隊ということであります」と参謀。

「では、皇軍の指揮統率の本義は何かね」

「はい、大命の代行であります」

「よし、だから大命を代行する以外に私情で一兵たりとも動かしてはならない。いわんや玉音放送で終戦の大命を承知しながら、死に場所を飾るとの私情で兵を道連れにすることはもってのほかである。自決して特攻将兵のあとを追うなら一人でやるべきである」

戦争が終わった以上、一人でも生きていて欲しいと治三郎は思った。海軍の終戦処理を行い、解体のめどがたった十月十日、治三郎は予備役編入になった。海軍生活三十九年。このとき、五十九歳だった。

戦後、治三郎は東京世田谷の自宅にひきこもり、食うにも困る貧乏暮らしをしたという。

「多くの部下を戦死させて済まなかった」

治三郎は悲痛の思いのまま公の場に出ることもなく、〝沈黙〟の戦後を送ったが、一九五五（昭和30）年に防衛庁に戦史室ができると資料収集に協力した。

かつての部下が自宅に来て尋ねた。

「孫子は、部下統率に必要な資質は智、信、仁、勇、厳と教えていますが、海軍四十年の体験を通じて何が大切だと思いますか」

「それは、無欲だよ」

治三郎はそう答えたという。

一九六六年十一月九日、治三郎は波乱に富んだ八十年の生涯を静かに閉じた。

第十章　柿原政一郎

秋月種茂、上杉鷹山に始まった旧高鍋藩に流れる精神の系譜は、幕末、明治維新の動乱を経て、昭和にまで至った。三好退蔵、石井十次、秋月左都夫など高鍋出身の先哲たちに共通する精神的姿勢は、「私《わたくし》」を超えて社会や弱者、日本の未来のために尽くす〝志士〟としての姿だった。

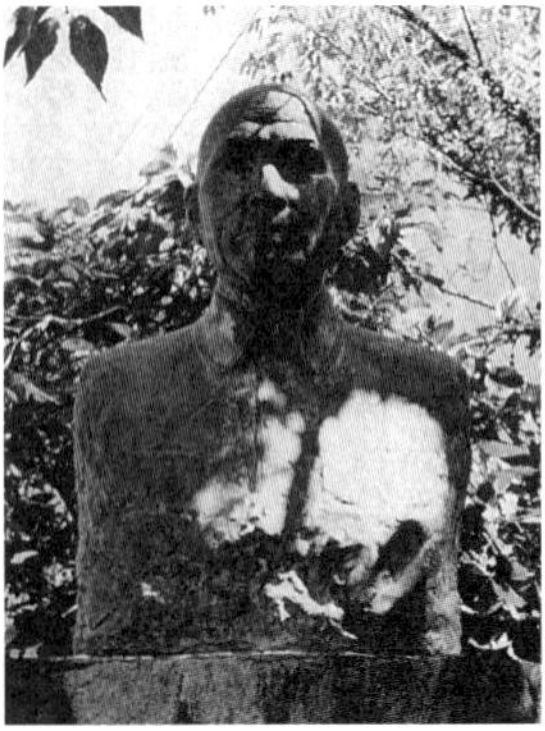

高鍋町立図書館にある
柿原政一郎の胸像

「無私」の志士ともいえる。

その精神的系譜をたどるとき、高鍋藩校明倫堂の教育の存在は大きい。思いやりの心の「仁」と卑劣な行動を許さない「義」。明倫堂ではこの「仁」と「義」を最も尊重して教えた。「義」は、志に向かって真っ直ぐに進む生き方をも示した。

孟子いわく、「仁は人の心なり、義は人

の道なり」

教育者であり、思想家でもあった新渡戸《にとべ》稲造は明治期、欧州の法学者に「あなたの国の学校に宗教教育はあるのか」と聞かれ、「ない」と答えた。法学者は「それでは、どうやって道徳教育を受けるのか」と問われた。即答できなかった新渡戸稲造が思いあたったのは、少年のころよりたたき込まれた「武士道」であった――と著書『武士道』に書いている。

その国にはその国の、その地方には地方の精神的風土がある。祖父母、父母、地域の先輩により引き継がれる、「どう生きるか」の心構え、精神的姿勢だ。志士のように生きた高鍋出身の先人としてどうしても欠かせない人がいる。最後にその人物の略伝を記したい。

その人とは、柿原政一郎。戦前、戦後に高鍋町長を務め、一切報酬を受け取らなかった人物だが、「仁」と「義」を貫き通した一生であった。

石井十次との出会い

柿原政一郎は、一八八三年（明治16）、高鍋の道具小路に生まれた。

先祖はもともと高鍋藩の鷹匠であったという。政一郎の祖父正幸は、洋式兵法の訓練を受け、学校の体育教師などをしていたが、西南戦争では西郷軍に参加し、田原坂で突撃隊長として戦死した。

父正一は、県庁職員などをしたあと、銀行を創設するなど実業家としての実績もある。新富町の荒野であった湯風呂に愛媛県の移民十数戸を招き、開墾。四十数年かかって新農村を建設した。政一郎は、正一と妻キミの一人息子として育てられた。

石井十次は、政一郎にとって母のいとこにあたり、叔父、甥の関係だった。政一郎も十次と同じく、西郷隆盛を少年のころから敬愛してやまなかった。

ひ弱な子供であった政一郎は、明倫堂の学風を受け継ぐ公立高鍋学校に入学。湯風呂から往復十四キロを毎日通学するうちに体格も良くなった。四年のときに県立宮崎中学に転校したあと、石井十次を頼って一九〇一（明治34）年、岡山市の第六高校に進学した。

岡山市では勉学のかたわら、十次の岡山孤児院に住み込んで同院を手伝ったり、映写機を持って、全国で開いた音楽幻灯会に協力した。十次によって社会事業への目を開かれたのだった。

東京帝大に進み、哲学を専攻した。このころ若山牧水や同郷の歌人安田尚義《なおよし》らと交流した。だが、脚気、肋膜炎《ろくまく》などの病気にかかり、三年生のときに中退して湯風呂で静養した。回復後は、十次の紹介で、倉敷紡績に入社。同社社長で社会事業家の大原孫三郎は、岡山孤児院の最大の支援者であり、政一郎は孫三郎の秘書となった。

このとき、政一郎は二十四歳。政一郎の仕事は、単なる秘書というより、二人の巨人、十次と孫三郎の手足となることであった。その仕事は多忙を極めた。

孫三郎の命令で、紡績業界の労務の実態を調べるために、職工となって工場の労働を体験したり、労務改善のための資料収集に追われた。その一方で、十次の内命を受け、大阪のスラム街の調査をした。愛染橋の近くに貧困者のための夜学校と託児所をつくることになったが、準備から経営まで政一郎に任せられた。

夜学校のために借りた家は、ペストが流行したときの発生地という古い製材所跡。政一郎はそこに畳一枚を持ち込み、一人で寝泊まりしながら修理した。

「南京虫の総攻撃に悩まされ、警察も不審者とみて内偵にくるほどだった」

政一郎はそう思い出を語っている。

このとき政一郎が若い情熱を注いでつくった大阪初の福祉施設は、社会福祉法人石井記念愛染園としていまも残る。しかも、日雇い労働者が無数にたむろし、犯罪も多い西成区「あいりん地区」の真ん中に保育所を構えて労働者の乳幼児を預かっているほか、低額診療施設として病院も経営している。

一九一〇（明治43）年、二十七歳のときに高鍋の旧藩医福崎家の娘マサと結婚。マサは宮崎高等女学校の第一回の首席卒業生という才媛だった。

十次の要請により、高鍋に戻って農村に低利で金を貸す日向土地会社の常務となって経営したが、一九一四（大正3）年、十次の死去により同社を整理して、再び、岡山で活動する。

有力な日刊新聞社・中国民報社の支配人となる一方、大原孫三郎の指示を受け、社会救済事業の研究所設立に奔走する。のちの大原社会問題研究所である。

一九一八年、富山県で起きた米騒動は全国に波及し、米商人、高利貸し、大地主や富豪が次々と焼き討ちにあった。「富国強兵」で近代化を突き進んできた日本は、そのしわ寄せを労働者と農民らに押しつけてきた。前年のロシア革命の影響もあり、民衆は資本側と政府に対し、労働争議と米騒動で命がけの異議を唱えたのだった。

米騒動は全国津々浦々の三百十カ所で起き、そのうち七十カ所では軍隊が出動して力づくで抑えた。

「単に貧民や孤児、売春婦らに対して個別に救済の応急策を講じるだけでは不十分だ。これらを生み出す社会的病弊を科学的に探求して、救済の方法を究めるための組織的な研究機関が急務だ」

孫三郎は、そう考えたのだった。

政一郎は主任となって研究所の人事にあたった。国民新聞社の徳富蘇峰、京都大学教授の河上肇らの協力を得ながら、ジャーナリストの長谷川如是閑、経済学者大内兵衛など当時、超一流の社会科学者が集結した。この研究所はその後も日本を代表する社会科学の研究所として活動を続け、戦後に法政大学と合併し、法政大学大原社会問題研究所としていまも続いている。

柿原の実績は、岡山、広島など中国地方に多く残っている。岡山を起点に山陽と山陰を結ぶ伯備線は、政一郎が当時の鉄道総裁を説得して、倉敷の分岐での開通が可能となった。地元住民は、政一郎の政治手腕を評価して「伯備線は柿原鉄道だ」と言って感謝したという。

中国民報社社長であった一九二二年には知人から広島市宇品地区の臨海地帯五十万坪の経営の委託を受けた。政一郎は、その土地を農業用ではなく、商工業、住宅、公共用地としての活用を思い立ち、広島臨港土地会社を設立。宅地造成をした。その造成地にはやがて官公庁などの公共機関、銀行、工場、商店などが建ち並び、臨海市街地が誕生した。

この広島で政一郎は、おもしろい人物と出会っている。男の名は野口遵《したがう》。金沢市生まれの東京育ちのエンジニアで、広島に化学工業の工場を建てようとしていた。だが、漁民の反対に遭って計画はとん挫し、失意のどん底にいた。

この事情を知った政一郎は、野口と会い、「君が本腰を入れて宮崎県で事業を興すなら、県を挙げてそれを応援する。用地、電力、労力の協力を惜しまず歓迎するだろう」と宮崎県への誘致を説得した。このとき、政一郎は宮崎県選出の代議士でもあった。野口は政一郎の説得に応じ、政一郎を頼りに宮崎県に転進した。その結果生まれたのが日本窒素延岡工場であり、のちの旭化成延岡工場。野口は旭化成の初代社長である。

広島での足跡といえば、一九四五（昭和20）年八月六日、広島市に家族といた政一郎は原爆に被ばくした。奇跡的にけがは軽かったが、戦後は広島戦災供養会理事長として納骨堂建立のために托鉢で寄付金を募り、宮崎県から伐り出した大木で供養塔を寄進している。

坊主頭の国民服

政治家であり、実業家、社会事業家であった政一郎は、二つの信条を持っていた。一つは新約聖書の「与うるは受くるより幸福なり」。もう一つは、「義をみてせざるは勇なきなり」

金銭とか名誉とかには全く関心はなかった。

一九二〇年（大正9）には宮崎県選出の代議士となったが、序列にうるさい代議士の世界にうんざりして一期四年で辞めた。

宮崎県での政一郎の事業は、石井十次亡きあとの茶臼原孤児院の後見人となる一方、一九三二（昭和7）年には「柿原茶舗」を開設した。孤児院の十ヘクタールの桑畑を茶園に変え、製茶した茶を宮崎、広島、岡山市で販売。さらに釜炒り茶の試作に成功し、四トンを満州に輸出したところ大成功を収めた。

宮崎県の釜炒り茶は有望な貿易茶と認められ、それが宮崎県、国の茶の増産につながるのだった。戦後は九州茶業株式会社を設立。九州茶を全国に宣伝し、現在、全国でも有数の茶生産地となった宮崎県、九州の茶の基礎を築いたともいえる。

政治面では、一九三五年に請われて宮崎市の名誉市長になっている。というのもその年、宮崎市は税金の使い込み事件が発覚し、市長ら三役が辞職するという不祥事が起きていた。秋には天皇の行幸があるため、そのピンチヒッターとして政一郎に白羽の矢が立ったのだ。当時、宮崎交通社長の岩切章太郎が政一郎の親友として、広島市にいた政一郎に説得に来ている。

「私は行政については全くの素人であるが、宮崎市が火事だというので、とりあえずバケツを引っ提げて駆けつけてきました」

政一郎の市長就任あいさつには傍聴席からも盛んな拍手が起きたという。政一郎は、自ら求めて無報酬で市長就任を受け入れた。

市長在任中、市政を刷新し、財政を立て直すため、職員に自粛自制を求める一方で、事務の整理統合や新規事業の抑制などに努力を傾けた。

行幸に備えては、宮崎県にはこれといった郷土料理がなかったため、政一郎が考え出して料亭の主人に味付けさせたのが、いまでも残る「しいたけ飯」だ。また椎葉村の友人の奈須熊吉を指南役にして「正調ひえつき節」のメロディーと振り付けを創出した。宮崎神宮の流鏑馬《やぶさめ》を復活させたのも、この市長時代である。どれも宮崎県を代表する食、唄、行事になっている。

このあと、県議に転身した。目的は県営電気を創業するためで、三島誠也知事とはかつて小丸川水系に県営発電所の建設を発案した。これにより一九四三（昭和18）年までに川原発電所、石河内第二発電所が完成した。戦後は、戦時中に国に取られたこの県営発電所を県に戻す「電気復元運動」の運動本部長にもなっている。

政一郎といえば、高鍋、いや児湯の人々は、坊主頭で国民服の詰め襟姿を思い起こす人が多い。いつも布製の三角袋を持ち歩き、私財を惜しげもなく投じる半面、私的には道に釘が落ちていればそれを持ち帰るという倹約を生涯貫いた人でもあった。

戦前、戦後にわたり、無報酬で高鍋町長に就任した。官営無水アルコール工場（のちの宝酒造）、鉄興社（のちの南九州化学工業）と高鍋の産業の基礎となる工場を誘致し、県内市町村に先駆けて町営野球場を建設。高鍋高校が南九州の決勝に勝ち、県内で初めて甲子園出場をする手助けもしている。

高鍋藩の精神的伝統を引き継ぐために財団法人「正幸会」をつくったのは、一九四七年のことである。「正幸」とは、西南戦争で戦死した祖父の名だ。高鍋藩学の偉業である明倫堂文庫と秋月左都夫の蔵書を古風な土蔵造りの書庫をつくって納め、図書館を高鍋町に寄付した。正幸会の活動は現在まで継続しており、高鍋図書館、新富町教委のほか地元の小中学校へ図書の寄付を続けている。

明治から大正、昭和と時代の潮流を駆け抜け、高鍋から岡山、大阪、広島と西日本を走り回った政一郎は、一九六二（昭和37）年一月十四日、眠り込むような静かさで臨終を迎えた。七十八歳であった。

葬儀には、町民千数百人が沿道に並んで、その死を悼んだという。

柿原政一郎が好きだったストー夫人の小説『アンクルトムの小屋』にこんな言葉があるという。

◇　◇

「一人の人間の魂は、世界における全部のお金よりも尊い価値を持っている」

一人の人間の魂は、ときに人々の心を動かし、時代の扉を開く。江戸時代の高鍋藩のころから追いかけてきた先哲たちの生きざまは、志高い〝魂の道〟ではなかったかと思う。その道は、私たちの心を通って、さらに未来へと続いている。

（了）

［参考文献と資料］

「高鍋町史」（高鍋町史編さん委員会、高鍋町）
「高鍋藩史話」（安田尚義著、高鍋町）
「秋月種茂と秋月種樹」（武藤麒一・安田尚義共著、日向文庫刊行会）
「上杉鷹山」（安田尚義著、日向文庫刊行会）
「明倫堂記録」（石川正雄編）
「武士道」（新渡戸稲造著、岩波書店）
「山崎闇斎」（岡田武彦著、明徳出版社）
「孔子」（井上靖著、新潮社）
「近世藩校に於ける学統学派の研究」（笠井助治著、吉川弘文館）
「安井息軒」（黒江一郎著、日向文庫刊行会）
「秋月種樹公の文化活動」（石川正雄著）
「戊辰戦争から西南戦争へ　明治維新を考える」（小島慶三著、中央公論社）
「三好家資料」（河島正光編）
「ニコライ遭難」（吉村昭著、新潮社）

「石井十次」（黒木晩石著、講談社）
「石井十次」（柿原政一郎著、日向文庫刊行会）
「愛の心を今に　生き続ける石井十次遺訓」（宮崎日日新聞社）
「わしの眼は十年先が見える　大原孫三郎の生涯」（城山三郎著、飛鳥新杜）
「秋月左都夫」（黒木勇吉著、講談社）
「ポーツマスの旗　外相・小村寿太郎」（吉村昭著、新潮社）
「鈴木馬左也」（住友本社内鈴木馬左也翁伝記編纂会）
「児島惟謙」（楠精一郎著、中央公論社）
「捨身提督小沢治三郎」（生出寿著、徳間書店）
「太平洋戦争」上、下（児島襄著、中央公論社）
「柿原政一郎」（荒川如矢郎著、柿原政一郎翁顕彰会）
「日本の歴史」十二巻（読売新聞社）
「足尾鉱毒事件」上、下（森長英三郎著、日本評論社）

あとがき〔初版〕

一九九七（平成9）年七月に九州では初めての上杉鷹山演劇公演が高鍋町中央公民館で開かれたあと、この演劇の脚本と演出を担当したジェームス三木さんと、木城町の石井記念友愛社にある石井十次資料館で話す機会があった。

上杉鷹山は高鍋藩出身ではあるが、高鍋に住んだことはない。江戸藩邸で少年時代を過ごしただけだ。高鍋では縁は薄いが、米沢で上杉鷹山を知らない人はいない。老人から子供まで、それぞれが思い描く上杉鷹山像がある。そんな話をしていると、ジェームス三木さんはこう言った。

「上杉鷹山がやった質素倹約の気風が米沢市にいまでも残っているように、時間を超えて受け継ぐ精神風土のようなものが地域にあります。石井十次を生んだ高鍋にもそういった独特のものがありますね。一人の人物の生き方に地域が感化され、ほかの人の生き方に大きな影響を与えるということが…。言葉で伝えなくてもその人物の生きる姿勢が伝わるのではないでしょうか」

確かに明治初期、高鍋藩の若者たちは、それぞれにお互いを刺激し合い、それこそ志を高くして、それぞれの道を進んでいる。三好退蔵、秋月左都夫、鈴木馬左也らはまさにそんな関係だったし、かれらが東京では高鍋郷友会をつくって高鍋藩出身の後輩たちのめんどうをみている。地域としての結束力はとても強かったようだ。ちなみにそのころは、小村寿太郎や高木兼寛など日向国の出身者が中央で活躍していて、幕末の安井息軒も含めて「日向人もなかなかやるぞ」とうれしくなってくる。

ところで、前に石井十次の伝記などを読んでいて不思議に思ったことがあった。十次は、熱心なクリスチャンではあるが、皇室の権威をとても重んじる。岡山孤児院が皇族の賞賛を受けると非常に喜んでおり、不思議な気がしたものだ。天皇家は神道の総帥のようなものだからだ。だが、十次の少年時代に影響を与えた高鍋藩校明倫堂の教育を知るうちに合点がいくようになった。明倫堂の朱子学は山崎闇斎学派が長く主流だったが、そこには上下の秩序に厳しい儒教の教えとともに、強烈な尊皇思想がある。

「親孝行」という極めて個人的な道徳の問題と「尊皇」という極めて政治的な問題が、尊重すべき教義として同じ次元で強調されている。これは、十次に限らず、秋月左都夫、鈴木馬左也にもみられた。明倫堂の影響は戦前までは続いていたと言ってもよいのではないだろうか。明治憲法下とはいえその強烈な尊皇思想は、戦後生まれの私にとっては想像しにくい。

本書を書くにあたり、いやその前の新聞連載を書く際にも、漢文や訳文が分からないところがあると、高鍋高校前のナンキンハゼ通りに住む石川正雄さんの家へと通った。高鍋史友会会長である石川さんは、「明倫堂の教授はこんな人だったろう」と思わせる風情を漂わせながら、細かく教えていただいた。また、高鍋信用金庫の元理事長で石井十次顕彰会の尾崎一男会長からは「頑張って書きなさい」といつも温かい励ましを受けた。石川さんも尾崎さんも八十代。かくしゃくとした二人に高鍋藩士の残映を見る思いであった。

本書の刊行にあたり、鉱脈社の三上謙一郎さん、杉谷昭人さんをはじめ校正、出版の方々にお世話になった。また表紙の装丁は、高鍋高校美術教諭の田中隆吉さんのご尽力をいただいた。杉谷さん、田中さんは高校時代の恩師でもある。ありがとうございました。

一九九七年初冬

和田　雅実

「ふみくら文庫」版　あとがき

この本を出版してから二十年がたった。出版するに際し、とてもお世話になった石川正雄さんも尾崎一男さんもすでに鬼籍に入られて久しい。本も絶版になって、私の手元には一冊しか残っていなかった。それでも時々、例えば高鍋商工会議所の方から「本が手に入りませんか」と問い合わせが来たりしていた。

偶然は重なるもので、まずは宮崎市の路上でばったりと会った鉱脈社の川口敦己社長から、この本を復刊しないかと持ちかけられた。文章を書くことから長く離れており、特に書き加えることも思いつかなかったので返答を伸ばしていた。同じタイミングで高鍋町長の黒木敏之さんと面談する機会があった。黒木さんは、名酒「百年の孤独」で有名な黒木本店の経営者であり、高鍋商工会議所会頭として歴史を生かした町づくりにも力を入れてきた方だ。彼が「鈴木馬左也のシンポジウムを十一月にやりたい」と言う。来年の二〇一八年は、明倫堂創設二四〇周年にもあたる。私もそのシンポジウムに加わることになった。そんな機縁もあり、今回の文庫版復刊にあたっては、黒木町長からはわざわざ序文もいただいた。

士魂商才の住友総理事鈴木馬左也とその四哲の兄弟は、高鍋の歴史にとって欠かせない群像だが、地元の人でも詳しく知っている人は少ない。本文中にもあるように「四哲碑」も町の真ん中にあるのだが、どれくらいの人が知っているだろうか。

シンポジウムと復刊の話が同時にやってきたので、久しぶりに舞鶴城に上がった。九月の下旬のことだ。灯籠祭りが近いということで入口の道路沿いには藩の家紋の旗がはためいている。城の階段を少し上がると、十一人の戦死者を追悼する戊辰の役殉難の碑がある。そこまではきれいだったのだが、そこからは雑草が生え、やぶ蚊が飛び交い、蜘蛛の巣を払いながら登った。七百人余りが出兵し、戦死者七十八人、受刑者二十人、高鍋藩を二分し大きな戦災をもたらした西南戦争の記念碑の周辺も近寄りがたかった。これは町長だった柿原政一郎氏が再建したものだ。

そこから上にある二の丸、三の丸周辺には高鍋の街を見下ろせるポイントもあり、かつての本丸跡までしっかりとした道はあるのに荒れ果てていて、これでは子供たちが遠足で来ることもないだろうと落胆して城を下りた。幸い、十月に入って再び登城したときは、灯籠祭りが直前に迫っていて、本丸跡まできれいに整備されていた。これだけの広大な敷地なので管理・整備には大きな経費がかかるのだろうが、なんとか

高鍋町立図書館内にある明倫堂書庫

官民が力を合わせて夏場でも散策や遠足ができる状態にできないものだろうか。

鈴木馬左也と縁が深い住友史料館副館長の末岡照啓さんは、高鍋町立図書館に江戸時代からの明倫堂書庫が今も大切に保存されていることに大変驚いていた。ここには、古文書が約一万六千冊あり、少ない予算ながらもこつこつと古文書を修復し、約七千冊は修復を終えたという。「ほかの多くのところでは、こういった藩の古文書は四散したり売られたりしています。書庫を残すというのは、魂を残すと同じことなのです」との末岡さんの話を聞いて、私はまさにそこにこの高鍋の地に根付く魂を感じた。

明倫堂書庫と舞鶴城というほかの地域にはない宝物を核に、文教の町高鍋は、これからも誇り高く輝き続けるだろうと確信する。明倫堂創設二四〇年を迎える節目にこの本を復刊できることはこのうえない喜びであり、関係者の皆様に心からお礼申し上げたい。

二〇一七年秋　和田　雅実

本書は、一九九八年発行の『志は高く――高鍋の魂の系譜――』（鉱脈社刊）を底本に、明らかな誤植等の修正および補正を加えて改題し、新たに発刊したものです。なお、発刊にあたっては、黒木敏之髙鍋町長から序文をいただきました。（編集部）

［著者略歴］

和田　雅実（わだ　まさみ）

1957年（昭和32）、宮崎県川南町生まれ。東京都立大学法学部卒。


1980年、宮崎日日新聞社編集局入社。報道部、串間支局長などを経て1996年～97年に高鍋支局長。

文化部長、報道部長、編集局次長、総合メディア局長、印刷局長などを経て、2017年から常務取締役業務局長。

主な著書に『瓦全　息軒小伝』（鉱脈社刊）、宮崎日日新聞社取材班の記者として、『愛の心を今に～生き続ける石井十次遺訓』（宮崎日日新聞社刊）、『ふるさとを忘れた都市への手紙』（農文協刊）などがある。

無私の精神の系譜

志に生きた高鍋人

26

二〇一七年十月二十五日印刷
二〇一七年十一月　三　日発行

著　者　和田雅実 ©
発行者　川口敦己
発行所　鉱　脈　社
〒八八〇－八五五一
宮崎市田代町二六三番地
電話〇九八五－二五－一七五八

印刷 製本　有限会社　鉱　脈　社

「鉱脈文庫 ふみくら」

輝く宮崎人

20

おお！宮崎人

タンみや投稿クラブ昭和残照編

月刊情報タウンみやざき 企・編

定価［本体650円＋税］

タンみや読者の投稿によるワイワイガヤガヤ。てげぇ面白く、てげぇ調子っぱずれのげな話満載。待望の復刊。

宮崎の剣士群像

21

秘剣

城 雪穂 著

定価［本体700円＋税］

いま——。玄心は右近の見事な構えに目を瞠った。——よくぞ、これまでに！ ひそかな賞讃をおくりつつ、もはや右近に討たれることに、何の躊躇も感じていなかった。

士道に生きる

22

追腹は切らぬ

城 雪穂 著

定価［本体700円＋税］

士道に生きる——戦国の世からの転換期。己の士道を貫いた南国武士。佐土原、飫肥、島津を舞台に描く。城 雪穂さんの初期作品第3集。

「鉱脈文庫 ふみくら」

たくましく生きた

23

なぁんもねかったどん

霧島を見上げて育った少年の物語

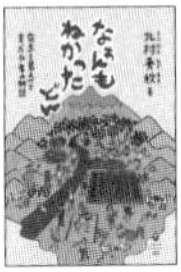

北村秀秋 著

定価［本体1000円＋税］

国中が貧乏だったあの時代、子どもたちはたくましかった。霧島盆地に戦後の少年時代をすごした著者が、着る物、食べる物、住まい、遊具など「モノ」をして時代を語らせる。

93人の名言・名句

24

人生の道しるべ

心を豊かにする素敵な言葉集

甲斐靖一 著

定価［本体700円＋税］

人生を応援する名言・名句
――古典から近代、そして現代まで93人の289の言葉のおくりもの

日本書紀編さん1300年

25

保食神に導かれて〈日向の国〉を歩く

森本雍子 著

定価［本体648円＋税］

うけもちのかみさま　今日も命をいただきます
――五穀を司る女神に愛されたふるさと・宮崎。